いまは隠喩の世紀末だ
もの悲しい病菌を防ぐための薄いゴム袋さえ
けっして言葉をにごして伝達するな

現代詩文庫 225

思潮社

有馬敲詩集・目次

詩集〈終りのはじまり〉から

詩集〈迷路から〉から

詩集〈白い闇〉から

エッセイ・評論

詩人論・作品論

装幀・菊地信義

詩篇

詩集〈変形〉から

印字器　銀行にて

記帳方なんだろう。
だったら、文字・数字とも
もっと規則正しく
丁寧に書いてくれなくっちゃあ
しかも敏捷に、だ。

〈一字訂正〉とか〈本欄取消〉が
目立つのは、注意力散漫のせい。
さあ、事務規定のここを
もう一度読み返してみたまえ。
〈係員ハ日常ノ私生活ニモ注意ヲ払イ
健康ニ留意シテ精神ヲ爽快ニシ
正確周到ナル事務処理ヲ行ウコト〉
このとおり
預金、貸付、為替、出納、計算
いずれの係にもあてはまる。

その上
ここでも、例の
オートメイションとやらで
機械がわりのきみが
流れてくる伝票をすばやく受けとめ
控帳、記入帳、元帳と
一字の誤りもなく記入して
次頁へ繰越したり
残高を合わしたりする。
十年保存の帳面だ
くれぐれも
粗末に扱わないんだな。

*

ペンを握り
そろばんを弾く

ぼくの五体が、デスクの前で
やおら釘付けになっていったのは
監査の示達書が
役席の手にひろげられて
キャッシャー・システムという
アメリカの営業様式の強化に
かれらの方針がとられつつあるとき。
金属的な歯軋りを立てながら
ぼくは、冷たく指図するからくりの主へ
打ち抜きの用意をした
〈VOID〉と。

丹波栗

どうしても
脱け出る路が見つからない
断層谷の盆地が狭く横たわる
寒冷の丘陵地帯に立った。

ぼうぼうと音立てて
おまえの暗褐色の胴体を吹き抜け
鳴っていくのは
この土地特有の、身を切る北西の季節風だ。
まばらな集落の軒の煙は
ほとんど水平に、吹きちぎられながら
いつも細々と上がっていて
押しゆがんだ屋根の下に
遠い時代から耐え忍び
営々とくりひろげてきた貧困の
台所が見透かされる。

かつて、いかほどの設計
いかほどの反抗が
深い雪の底に埋められてきたであろうか。
年ごとのなだれに削り取られて
茶褐色にむき出た山肌から
おまえは、怒り狂った砂利の
すさまじい摩擦音に震えていた。

灰を撒いた空は、たえず湿気を帯びていて
氷結せんばかりの大気が流れている。
秋から冬にかけて
重い霧におおわれた、すり鉢状の起伏は
ひねもす、陽の光をしらなかった。
いまなお濡れている山腹の
奥にひっそり置き残されたまま
おまえはあっけなく往生し
因習の埋葬に服してしまうか。
枯れ葉におおわれた地上で
山風に傷ついた幹は
いやしがたい胴枯れの疼きをうったえて
土着の地方から
いまだに離れられなかった。

＊

霧の谷間にそって
うっそうとした雑木林の間を
ゆっくりくりくぐり抜けていくと
精液に似た花の匂いが鼻を突き
梅雨の前触れのように
湿った大気に漂って運ばれてくる。
足もとはいっせいにぬかるみ
隠花植物が密生している。
このやりきれない地方の風土から
おまえの脱け出る日は
未曽有の旱魃の季節でなくて
いったい、いつ訪れるというのであろう。
淡黄の長い穂先を炎天に向け
堅固な枝を組み交わしたおまえは、
突き刺すような針の固まりを
日ごとに膨らませている。

（『変形』一九五七年コスモス社刊）

詩集〈薄明の壁〉から

橋上

雑踏を抜けて
ふと立ち止まる。
河面から吹き上げてくる
もうろうとした水蒸気のかなたで
対岸の崩れかけた、石垣の街が、
蜃気楼のようにかすんでいる。

長いコンクリートの橋、——これを
越えて、おれの求めていく場所は
肉親の朽ちた家か、
まだ踏まない土地の女の棲み家か。
放射状にレールが分散する
ターミナルの駅に出たら
いずれの方角をえらんでもよいが、
欄干にもたれ、空を仰ぐと
夕暮れでもなく、夜明けでもない
あやしげな雲行だ。河風が
冷たく　頬をなぶる。なぶられながら
おれは、通り越してきた街と
これからでかける街について考える。
——いつかの門出にも
こんな、ちっぽけな自由の時間があったっけ。

濡れたオーバーの襟を立てて
おれはふたたび歩き出す。
眼の前には、コンクリートの橋が
薄明のなかにまっすぐ、伸びている。

喜劇

灰褐の頭蓋が銃を握り
おのれの心臓に照準を定めています

工場は油の切れた歯車を軋らせて
くりかえし破壊と修繕に励まねばなりません

あちら　沖より入江へ急ぐ海鳥の前触れ
「地球はいまワイル氏病を患うさ中だよ」

血なまぐさいオペラに拍手を送っているのは
ラッパや命令言に誘いだされた白内障の連中です

（『薄明の壁』一九五九年書肆ユリイカ刊）

詩集〈贋金つくり'63〉から

名女優

小さな薬局の店さきで
かの女はハエをとっていた
手ぶりはカメラの前と変わらない
ポーズはスクリーンの上よろしく
おなじ動作をくりかえし
売り物の微笑をくずさなかった
車のはねた泥をあびて
あざやかなドレスが汚れても
かの女は人通りのほうをむいていた

これまでのかの女の名前には
かずかずの名誉と賞金が贈られた
観衆の拍手がおくられた
いまはカメラマンはいない

売り出した監督もいない
しかし人通りがさびれても
かの女は渾身の演技をみせていた
宣伝用の殺虫剤をにぎり
画にかいたハエを追っていた

掘りかえして

掘りかえして
舗装をしなおした
掘りかえして
水道管をうめた
掘りかえして
ガス管をとりかえた
掘りかえして
電線に土をかぶせた
掘りかえして
下水道をつくった
掘りかえして
地下鉄工事をした
掘りかえして
泥んこの道にした

機械

機械は字を書いた
機械は計算した
機械は複写した
機械は声をおくった

機械は機械をつくった
機械は機械をつくる機械をつくった
機械は機械をつくる機械をつくり
機械の機械を動かした
機械の機械の機械
機械はひとを不具にした

機械はひとを殺した
機械の機械の機械の機械

デンカ・ブーム

家を電化
スイッチひとつで
ひげがそれる　パンがやける
掃除ができる　ミシンがうごく
ジュースが飲める
ことのついでにはやまって
女房も電化
スイッチひとつで
亭主がふりまわされる
かかあデンカ

国を電化
ボタンひとつで
電車がはしる　デマがながれる
自衛隊が出動する　ロケットが飛ぶ
原子炉に火がつく
ことのついでにあやまって
国民も電化
ボタンひとつで
老若男女がさわぎたてる
皇太子デンカ

十円玉の歌

弾の飛ばない銃をかまえて
ジャングルの猛獣をたおした
走らない馬に乗って
野牛の群れに追いついた

三分たたないあいだに
神戸—東京をドライヴした

直径二センチの空間から
火星探険に出かけた

白雪姫の童話をのぞいた
望遠レンズで街を見おろした
しゃれた香水をふりかけた
未来を占った

つかれると自動販売機で
ジュースを飲んだ　ガムを噛んだ
ジューク・ボックスの歌を聞いた
公衆電話をかけた

おーい　十円玉
軽い音を立ててどこへ行った
呼び声がとどいたら
落ちた穴から飛びでてこい

贋金つくり

おれは印刷屋
贋金つくり
ニセのお金でパンを買う
背広をあつらえ　家賃をはらう

誰もしらない贋金つくり
日本銀行の発券係も
タバコ買った釣銭で贋金つかむ
妻や上役へのおくり物買う

おれは印刷屋
贋金つくり
ニセのお金で税金納めていたら
ある日　刑事がやってきた

刑法一四八条ひらめかし
裁判沙汰になったその結果

おれの使っていたのはホンモノで
みんなが持っている政府紙幣が　ニセだった

オオ・ワンダフル！

動物園の
コウノトリの前に
ひとがたかり
デパートの
ファッション・モデルのまわりに
客がつめ寄せ
踏切の
轢死体をかこんで
ヤジ馬が群がり
河岸の上の
花火を見上げて
群衆がむれつどう

オオ・ワンダフル！

こんどは
背広の酋長がとおる沿道に
涙もろい男女の列が
日の丸の旗をふっている

ひげのソネット

オットセイのひげは
海中のえものを探るためにある
キリンのひげは
アカシヤの棘から唇を守るためにある

ひげのおかげで
ヤマアラシは夜の山みちを歩く
ヒョウとライオンは
体が通過できるかどうか判断する

動物のひげの根元には
敏感な神経が配置され
ひげを自在にうごかす筋肉がある

人間のひげの根元には
面目をつくろう神経が配置され
威厳をたもつ筋肉がある

(『贋金つくり'63』一九六三年思潮社刊)

詩集〈海からきた女〉から

海からきた女

かの女は海からきた　頭にこんぶを生やし　口にはサンゴをくわえて　かの女の腹のなかに　生まれたときの海の水がそのまま揺れていた　恥部のテングサ　両耳の貝がら

深海の底から脱けてきたかの女の記憶の奥に　とこやみで低温の怖るべき圧力の世界があった　何千年のあいだかの女はそれに耐えて陸にあがったのだ　灼けつく陽の下で　肌はうろこ色にかがやき　潮の匂いがのこったくびれた腰のうしろに　退化したひれの跡があった

核爆発と境界線を拒否した海　かの女の羊水のなかにみずみずしい胎児は浮かんでいた　かつてかの女が持ってあがった潮水のなかに

若い死者

若い死者はいつまでも若い　きびしい古典の闇に眠り
きみは荒々しい息吹きをつたえる　それは根もなく浮浪
した時代　強い酒をあおり　群れをなして牧歌をうたっ
た　にわかに　頭上を襲う激しい驟雨　息苦しい戦いが
若者の希求を閉ざし　おびただしい死体とともに　闇の
なかへ葬られた

驟雨は過ぎさり　出来事は伝説になった　いまはなんの
へんてつもない時間と機械が　ひとを締めつける　見ろ
きみを裏切ったかれは　いたずらに生きながらえた　定
年をむかえ　ガンに脅える　そして戦火とはほど遠い部
屋のなかで　狂ったレコードが　おなじ円周を描いてい
る

霧の中

おれは霧のなかに生まれ　霧のなかに育った　そしてい
ま　おれは霧のなかに住んでいる
四方を山にかこまれた小さな盆地　そこでは深い霧のな
かで　いつも壁のようなものが　眼の前に立ちはだかっ
てきた　家とか土塀とか堤防とか

それに耐えられなくなったとき　稲田のまんなかを半円
形に走る　ローカル線のレールに揺られて　この地方を
抜け　おれは遠い海へ出かけていった　とつぜん　視界
にひろがる海原をみた少年のころのときめきが　かすか
な潮のざわめきとともによみがえってくる
しかし　水平線のみえるはずの海にも　霧は立ちこめて
いた　おれは岩壁のそばの小屋にはいると　日焼けした
若い漁夫と　肩を合わせて飲んだ　強烈な匂いのこもる
透明な液体を　コップになん杯かあおり　そして歌った
夜はまた　いちめんに白い闇であった　煙るように　も

のというものを包んでしまっている　不眠のおれの耳に
は　こんなときまって　山間をぬけてきたらしい列車
の響きが伝わり　鋭い笛が短く鳴る
見なれないここは　夢にみた海辺か　捨ててきた盆地か
岬のような丘陵に立って　おれは霧のなかで　灯台のよ
うにまたたいていなければならなかった

（『海からきた女』一九六七年思潮社刊）

詩集〈くりかえし〉から

変化

値上げはぜんぜんかんがえぬ
年内値上げはかんがえぬ
とうぶん値上げはありえない
極力値上げはおさえたい
今のところ値上げは見送りたい
すぐには値上げをみとめない
値上げがあるとしても今ではない
なるべく値上げはさけたい
値上げせざるをえないという声もあるが
値上げするかどうか検討中である
値上げもさけられないかもしれぬが
値上げは時期尚早である
値上げの時期はかんがえたい
値上げをみとめたわけではない

すぐには値上げしたくない
値上げには消極的であるが
年内に値上げもやむをえぬ
近く値上げもやむをえぬ
値上げもやむをえぬ
値上げにふみきろう

会議

本会議のために
運営委員会をひらき
遅刻する

運営委員会のために
特別委員会をひらき
居眠りする

特別委員会のために
常任委員会をひらき
中座する

常任委員会のために
小委員会をひらき
だまっている

小委員会のために
準備会をひらき
欠席する

準備会のために
宴会をひらき
張りきる

ニッポンの花

菊

菊花は咲く
ひとの顔に　あばたとなって
遠くで
花火を打ちあげた形で
白の　黄の　小さな輪をつくり

菊花は活けられる
象徴の　家紋となって
菊花石の
張りついた紋そのまま
頸飾りのために　大綬章のために

枯死寸前の
うらぶれた花
長いがゆえに愛でられる
諸君！
その葉っぱを
テンプラにしたまえ

さくら

さびれた漁村に
さくらの老木が
かたむいて残っていた
咲き乱れる
花びらは
うす紅の
明るさをまして
あたりを　彩っていた

うす暗い
酒場の一隅
杯をかざした老漁夫の
右腕から
あらわにむき出した
背肌にかけて
彫られた
満開のさくらが

いちめんに匂っている

（『くりかえし』一九七一年葦書房刊）

詩集〈終りのはじまり〉から

1

そとの光をさえぎり
うちの闇にむかうのだ
未明のあかるさはなく
たそがれの悲しみもない

閉じたまぶたの裏で
ちいさな宇宙は
さざなみを立てて
斜めに浮かんでいる

ひとの話す声もなく
物の落ちる音もなく
かすかな唸りもない

すべてを遠ざけて

舌先を上歯ぐきに触れ
すべてを忘れるのだ

4

ひざをふたつに折り
うちとうちを合わせ
その上にあごを置き
その下に腕を組む

なかば傾けた顔の
逆を見つめる視線よ
半開きのくちびるは
なにを告げている

こうして　このまま
このかっこうで
ここから脱け出られるなら
ひざに問うて

ながく伸びた脛の線を
おもむろに撫であげよ

10

失ったものは
もう元へかえらない
幻想の断片が
わずかに散らばっている

失うものは
なにもなかったはずなのに
無用の脂肪が
関節にまつわっている

この虚しさは
青年の胸を吹く風よりも
さらに激しく
絶望なんぞではなく

さめきった夜の
みたされない空洞——

11

なにも欲しくない
この時間をたのしめ
なにもしたくない
この空間にゆだねよ

あまりにも動きすぎたから
ここに落ちついていろ
あまりにも語りすぎたから
かたくなに黙っていろ

ふいに襲ってくる
歯ぐきの奥の
歯の抜けるようなうずき
高い建物の廊下の
窓ぎわの椅子にあお向いて
より高い空を眺めていろ

29

飾られることはないだろう
喝采をうけることも
迎えられることも
かえりみられることもないだろう

しかしそれは動き
それは呼吸している
ほとんど期待されないところで
たしかな手ごたえがある

水のおもてに浮かびあがり
すこしばかりの泡を残して
ふたたび沈んでゆく魚よ
それでいいのだ　それでいい

名を知られないまま
生きてゆくということは

40

なにもなかったのだ
こちらからそこへ行かなかったら
そちらからそこへ来なかったら
ほんとうになにもなかったのだ

それがなにかのために
こちらからそこへ行ったので
そちらからそこへ来たので
なにかが起こったのかもしれない

しばらく　たったしばらく
くちびるとくちびるを合わせ
はだかの部分をかさね
たがいにたしかめあったあと

かすむ世界のむこうにかぶりを振る
なにもなかったのだ　なにも

69

花びらの雪のなかを
明日は後ろへ消え去り
昨日は前から襲ってくる
いまは恐ろしく暗い

あたえられた時間を
虚しくついやして
たったひとり残されて
消えてゆかねばならないのか

掘られた穴のなかへ
獣たちに見送られて
生まれたときのように
ひとつのちいさな星の上を

わずかばかり呼吸して
生きながらえたすえ

70

少数をえらんで
そこにかたくなに立て
洪水のなかの一本の杭
ただひとつの拍手

そうしているのが
存在のしるしになるなら
いつまでも動かずに
そうしているのだ

ついに敗れて
たとえ押し流されようとも
たとえ裁かれようとも

こけのように

喝采とは遠いところに
たったひとりでいろ

71

ひとりにかえるのだ
味方に背を向けて
敵に向かうのだ
風は上から吹いている

群衆のなかの孤独を
いまは耐えてゆくのだ
車輪の音ぐらい
ざわめいているかれら

ながくながく待って
なにも来なかった
これからも来ないだろう

半身を壁にあずけ

酔いの深さをはかって
立ちつづけるのだ

107

だれも迎えるな
あいさつはいらない
つくった笑いも
用意も　なにもいらない

好きなところに寄ろう
この身体を投げだすだけの
わずかばかりの場所さえあれば
それでいいよ

どうせ死にむかう
短い旅なのだから
その途中なのだから
だれも迎えるな

このときを送るために
ほうっておいてくれ

117

かえる方角とは逆のほうへ
この身を白日にさらして
つかめない空のなかへ
熊手の指を振りかざせ

まっ暗闇のなかに
はじけて散る火花よ
とろけ込むはらわたを
この手でつかみだすのだ

ふるい観念にえずいて
なんども息を吸いこみ
その苦しみに耐えながら

地下への階段を降り

人工の渦のなかへ
吸い込まれてゆくのだ

（『終りのはじまり』一九七三年国文社刊）

詩集〈迷路から〉から

1

あごを前へ突きだして
今日の意識をほとばしらせ
うす紅の石鹸を泡立たせて
昨日のゆがんだ夢を断て

安全かみそりの先に
わずかに光っている兇悪の刃
壁のなかの鏡から　生血が
噴きだしてくる　ふいに

ラジオが流すジャズも　饒舌も
まったく平凡きわまりない
追いつめられた瞬間こそ

ひげを剃り落として

青白くなめされた頰に
早い春の風が痛い

4

かたくなに縛られて
ぎこちない胴体
見えない鎖にからまれた
手肢を解きはなてるか

頭蓋の奥の意識でなく
胸のなかの情念をはばたかせ
鉄格子のむこうの
あの空を駈けめぐれるものなら

鳥が堕ちる　まっすぐ
姿を見失った空間の地平から
ふたたび現れ　舞いあがる

鎖が断ち切れなくて
不自由な半身を反りかえらせ
両手を後ろに持ちささえる

12

鳴りやまない壁
どれほどの悲しみを　あの
肌色をした平面の奥深く
溜めたたえているか　測れよ

開かれない扉は
冷酷そのものに遮り
把手に文字板をぶら下げて
――係員以外立入禁止

労働のあとのほとぼりがさめない
青い血の管が太く浮きでる
ひろい額のこめかみ

冷たい空気が流れているなかへ

放り出されたかっこうで
ほてった身体をゆっくりと浸せ

25

鳴りわたれ　音よ
穴ぐらになった暗い空間で
うすい草色の液体を飲んで
陽気に酔っぱらえ

この眠気を吹っ飛ばす
震いつきたいような女は
どこを探しても見あたらない
みんな平凡な奴ら

歯を噛み鳴らせ
血の管の浮きでたこめかみが
引き吊って痛むから

喜劇役者のように

こうもり傘の柄を片手に握り
調子をとって狂っていろ

34

充ちあふれた毒を
すぐさま毛穴から噴き出させよ
朝　熱くした浴槽に
ふたたび胴体を投げ込んで

頭蓋の裏がわに
いまだに貼りつく記憶の断片
引きはがそうとしても
ほとぼり落ちさえしない

破裂しそこなった心臓
四つん匐いになって
頭まで毛布にくるまって

飢えた者のように

ざらつく舌を口のなかに捏ねかえし
くちびるを舐めたりする

42

一瞬の仄きは
億万年のちにしか戻ってこない
たとえ文字にしるしても
それはたしかに伝えられない

水鳥が羽ばたくとき
なにを伝えようとしている
獣が吠えるとき
なにを訴えようとしている

いつか眺めたような風景
いつか聞いたようなひびき
いつか触れたような手ざわり

ある日　生まれてきて

終りの息を引きとるまで
一度しかない仄きを信じよ

54

今日のこの時間が
いつかは覆えされるだろう
座りなれた椅子も
見なれた部屋も　階段も　壁も

見えない不幸を抱いて
くりかえしてきた時間が
壊された家の窓ガラスに
ごく平凡に映ってみえることだろう

たしかに　それは近づいてくる
足音ひとつ立てず　そこまで
背の後ろまで　来ている

もはや肉片も体温も残さない

そこにかつて存在していたのだと
なにによってあかしするだろう

57

終りのとき
昨日を振りかえるかもしれない
白い昼を取りかえそうと
窓のそばに駈け寄るかもしれない

しかし　もう　帰ってこない
あれほど見つめたものは
あれほど握りしめたものは
もう　帰ってはこない

あのとき怒り狂ったのが
いまは嘘みたいに
弾痕だけが壁に残っている

ぐったりと疲れて
凝り固まった首筋が
銅像のかたちで伸びている

69

足の下のせせらぎが
織機の音に打ち消される
なだらかな坂道を降りていって
古びた石橋を渡ったあと

ベンジンが鼻をつく
路地裏から繊維がむれてきて
花売りのもの悲しい声が
かぼそく尾を引いて過ぎる

今日も葬式があるらしい
迷いこんだ野良犬の目つきで
表札を右ひだりに拾い読みして

格子戸が並ぶ長屋の闇に

なま白い首がうごめき
箔を引いた帯が吊るされる

73

どこか静かな斜面で
あお向けに寝ころんでいたい
空缶も　包装紙も散らばらない
薄暮の世界に包まれて

空をかすめた山鳩も
いまは樹の枝に休んでいるだろう
下界を走る電車の音が
波のひびきに聞こえたりして

いま欲しいものは
（愛か　未来か　革命か
それとも死か）　わからない
おどけたそぶりで

両肩を上げて　すぼめる
その虚しさを絶て

86

毀そうとしたのに
まだ残っている甲羅
どうしても脱けきれないで
しばられている肉体

わずかばかりの自由を
もとめ歩いて
あたらしい土地へ出かけても
ほとんど飢えている

これからどうするか
片道切符しか持たないで
目的地に着き
やはり帰って行かねばならない

もと来た路の途中で
行き倒れようとも

90

ほとんど動かない
山も　空も　建物も
ほとんど人影もない
旗だけがはためいている

無数の物語が
無数にからみあった太陽系
ひとつだけを選びだして
語る勇気はもたない

無意味の声を発して
昨日を捨て去り
空に舞いあがれたら
なん千年か前の知恵がたっした
地点にはどうしてもいたらない
生臭い舌よ

94

にがい敗北のあと
なん度目かの夏が重なってきて
傷ついた少年は　血をしたたらせ
かげろうを背にして立つ

あの重く垂れこめたものが
おおかた追いはらわれて
描いたような雷雲が逆巻き
蒸れた青草のいきれがにおう

ほんとうにいろんな出来事があって
もうなん十年もたつというのに
すこししか変わっていない地上
傷口をさらすのも　隠すのも

なんだかいまいましいから
ありのままに立っていろ

96

顔を持たない観念は
大人のように亡びされ
呼吸のうごきをつたえる
少年の肉声を浴びて

漉かれた論理に
鼻紙ほどの値打ちがあるか
やさしいまばたきを感じ
やわらかな唇を愛せよ

張りつめた季節の
まあたらしいみどりの風に
まぶしく顔をそむけ
紙魚のように

紙のあいだに挾まれている
白い額を陽にかがやかせ

104

転げまわるものを
止めよ　つかまえよ
慌ただしいほど
はずんでは　撥ねかえる

色も　香りも
手ざわりも　形も
捕らえどころがない
それはなにか　それは

軋む肉をしわらせて
感じやすい少年に
帰らせてくれるか　ふたたび
泥土を掻きまぜるほど

捏ねたものが大きく
形づくられるものなら

113

もう憎まないかもしれない
苦しまないかもしれない
なん時間も眠って
高ぶりも静まったみたい

なん百年もむかしのように
昨日は遠ざかる
明日のことは考えない
ただいま　今日　現在だけがある

宙吊りにされた
追われた　きれぎれに
いつかの夢が逆回りしてきて

大宇宙のなかの地表の

ふるびた屋根の下の
暗い部屋に投げ出されている

124

かろうじて
巡り合ったとて
また別れねばならないことが
わかっているのに

いや　それだから
語りつくさないまえに
語りつくしたように
おたがいに口を閉ざしている

遠くからきたその肩越しに
向こう岸の電車が
なん台も往き来して

そのあいだを

床の下の川がかすかに流れ
夜の瀬が白く光っていた

127

たとえ　たった一度
それが造られたものでも
いつまでも美しいであろう
美しいものは

頭上を走る　稲妻か
地下の水の流れの奥の
人工の吹き上げの前で
一瞬　射すくめられるとき

「さようなら　お元気で」
とうとつに吐き出された
小さな声がよみがえり

たちまち過ぎる夕立を背に

北へ向かう電車のほうへ
小走りに消えてゆく

134

眼の毛細血管が切れる
朱にそまった白が
平和な鏡のなかで
すさまじく燃えている

柔和な顔も
一点を傷つけることによって
たちまち兇悪な形相に
変えられてしまう

飼いならされて
いつのまにか肥りすぎたから
なにげない呼吸まで苦しい

まぶたを伏せて

燃える色をかくし
他人の見ない夢こそ

140

きつく打たれるほど
直立して回転する独楽
鈍い唸り声さえ消えて
静止し　底に張りついておれ

青黒い傷あとを
みじんもいたわることもなく
みにくくなまった胴体を
みずからの手の鞭によって

目にもとまらぬ速度に巻かれて
錯倒する風景
暗く視界が崩れる
よろめくたびに打たれ

内へ吸い寄せられて
地の底にかたくなに立て

142

ふいに　鼻血が出る
光線が差しこむ朝の食卓に
バラの小さな花びらが
こぼれ落ちる

ゆうべの熱気が
まだ頭の後ろに残っている
白い紙切れが差し出され
平凡な時間が停止する

なにげなく過ぎていったものが
一瞬　巻きかえされて
目くらみが起こり
青空をのぞかせた天窓が

ゆるやかに回りはじめ
暗闇に倒れてゆく

155

取り去れ　壊れた椅子を
くつがえせ　古い机を
納戸のような部屋を片づけて
そこから出てゆくのだ

ふり向く肩越しにみる
そこここに落書きされた壁
にわかに天井が滑り落ちてきて
みがいた床が入れかわり

丸い背を伸ばそうとするとき
錐をもむように腹部に突き刺さる
みぞおちの痙攣

なぜ　ここにいる　なぜ　なぜ

無数の問いをくりかえして
階段の途中に座りこむ

164

ある日　とつぜん
それは襲ってくるだろう
まったく幸せそのものに
生きながらえているものに

昨日　笑っていたものも
今日は固く口をつぐむ
瞳孔を開かせる驚きだけが
その他大勢をどよめかす

生き残ったものは
死者の前で熱い涙を流し
声を震わせて悔やむ

乞食にも　強盗にもなれず

自由に放浪もしなかった者よ
いずこに眠る

166

やがて滅びるものの
その美しさを褒めるな
朱い粒をのぞかせて
熟れたざくろの実がはじける

地球の終りの日
いまよりさらに美しく
空は蒼く晴れあがるだろう
透明な空気を震わせて

巻雲が変化する
季節が移る　より大きく
世界は変わってゆくだろう

ある晴れた日の午後

余計者の影を床に落として
毀れた椅子にもたれかかっている

177

なにに構える
たたまれたこうもり傘を
左手に突き出して
白い粉が降りかかるなかを

インクの匂いがする
折られた紙切れを小脇に抱え
売られた朝を
駅に向かって走れ

防ぐ道具も
攻める武器に変えられる
持ちかえることによって

把手をとって

大きく腕を振り　十字を切って
切っ先を心臓に当てる

190

西に傾いた薄日が
裸木の影を塀に落とす
うそ寒い風が吹いて
たそがれが深まり

子どもの遊ぶ声が飛ぶ
大人たちはどこへ行ったのだろう
いちにちの終りが近づいて
悔いが胸に突き刺さってくる

いつしか坂道を歩いて
大きな家の石段の前に立ち止まり
その奥に動くものを見よ

冷えた空気が片頬を撫ぜて

股のあいだをくぐり抜けるとき
燃えつきる球体に向かいあう

213

眠れよ　低い家並み
列車の響きにも目覚めるな
青黒い山のふところに抱かれて
よごれた瓦の泥を洗い落とせ

やがていちにちが終る
きれぎれに起きる爆発音も
ながく尾を引く汽笛も
暗闇の奥に吸い込まれる

過ぎ去った時間の荷物を
頭上の網棚に放りあげたまま
うとうとしかかったとき

停車した駅から　幻のように

はにかんだ少年が飛び乗ってきて
耳なれない方言を話す

（『迷路から』一九七七年国文社刊）

詩集〈白い闇〉から

1

なん時間か眠って
火照った頬のぬくもりが
安全かみそりの刃先で剃られ
ひやりとした朝がくる

食卓に置かれた小型ラジオ
陽気なお喋りとポップスが流れ
無愛想な妻と短いことばを交わす
味噌汁の湯気のなかで

すぐ　家のそとに出ると
舗道にころがる小石を蹴って
いたんだ靴先を気にしながら

どんより曇った空を見上げ

どうしようもない不機嫌な顔つきで
バス停留所へ曳かれてゆく

3

コピーされた紙の
裏面の白に走り書きして
殺風景な時間の長さをまぎらわす
ふてくされた子どものしぐさで

きっと　どんな事件も
いまを興奮させることがないから
だらしない姿をさらして
机の上に片肘をついているのだ

小市民の貸借の記録は
コピーされた登記簿謄本の
乙区欄に設定されていて
いまさら抹消することもできず
ずたずたに両手で引き裂いて
屑入れのなかに投げ捨てるしかない

10

二つに引き裂け
鉛の文字に毒された
うす汚れた紙の束を四つに切り
それをこなごなにして破り捨てろ

あれほど白かった原紙の　コピーが
コピーされて　さらにコピーされ
黒く掠れたしろものにすり変わり
すっかり正体不明になっているぜ

やがて手ぶらのまま外に出て
だれもいない狭い空地の
棕櫚の樹の下であぐらを組む
宇宙のなかの自分を感知するのに

針金細工の思想をもてあそぶな
まして　定規のような論理などは！

17

酔って裂け目の外に出る
冷えた夜気によろめきながら
白く光る河にそって歩き
橋を渡って　雑踏にまぎれる

とある階段を降りて
人気のない地下室に吸い込まれ
書物の並ぶ棚の前に立つ
（おびただしい文字の洪水！）

俺はなんと卑小な存在なのだろう
一本のマッチ棒のような背中に
擦り合わされる火気を感じ
ふいに　火花が飛び散るとき

立ちくらみして意識が薄れ
その場にうずくまる

22

ぐらりと　人も風景も傾く
床がせり上がり　天井がずり落ちる
コップを落として起ち上がったせつな
揺れ動く壁に両手を支えている

さっきまで見なれてきた空間が
一瞬　異様にゆがんでゆくと
大きく踏ん張った足がすくんで
頭上から両肩へ重みが加わってくる

踊り狂う動作のなかで意識が薄れ
おぼろげな視界がいっぱいにひろがり
なに者かにぶちのめされたみたいに
ざわめきもロックも小さくなると

ぬるぬるとした床に倒れて眼を閉じ
半殺しの爬虫類になって寝転がる

27

いつまで待っているのだ
激しい電流の走り抜けるときを
しびれに似た戦慄が
全身を通り抜けるときを

長椅子の肘掛けに寄りかかり
怠惰に居眠っているから
いままで過ごしてきた時間から
いつまでも解き放たれない

眼の前の曇るガラスに
部厚い壁がぼんやりと映し出され
鉄板が非情冷酷に立ち塞がって
なまった首筋の後ろへ

ピントのぼけた意識が
よみがえらずに　ゆるく渦巻く

47

純粋そのものなど
どこを探しても見つからない
四角い灰色の柱を背にして
コンクリートの壁に向かっている

生臭く生きているから
忘却なんて　およびもつかない
とつぜん　背後からおこる女の笑い声に
冥想がたやすく破られる

さいごまで充たされないから
底知れないあがきが　まだ
透明な窓のそとの雲に宿されていて
食欲だけは満たした午後

さきほどの雷鳴は嘘か
まぶしい陽光が横から差し込んでくる

57

よいかげんに酔ったあと
なにもなかったように澄ましている
四角い銀色の世界のむこうに
動かない瞳を見つめて

草木が萌え立つ勢いはない
萎えたかっこうで立ちすくんで
あっさり過ぎ去ったものを惜しみ
これからやって来るものを怖れる

どんな修辞だって現在は表現できない
反吐となって押し上げてくるものを
大きな呼吸で抑えて
いまを生きて行く証拠を探せ

踊り場の壁に嵌めこまれた鏡の
ゆがんだ顔と対峙して

66

いちにちの重い疲れを曳きずって
傷ついた靴のかかとをすり減らす
足先から砂ぼこりが立ち
人影もまばらな日暮れ前

広場の砂利から逃れて
しばらく乾いた芝生の上に長くなる
日干しにされたみみずは
平べったくなって身動きもしない

まだテニスをする青年のように
コートで大きな声を上げられたら
思いきりラケットを振りおろせたら
急に　下腹部が痛みはじめ

近くの木陰の小屋に走りこむと
あわただしく白い便器をまたぐ

77

もはや一本の管となる
二つの吸い口と一つの吐き口を
たがいに動かすだけの
ずんどう型の管となっている

かすかな音を聴こうとするとき
かすむ物を見つめようとするとき
管のなかの無数の細い管が
縮んだりひろがったりしている

飲み込まれたものは
蠕動する管のなかを曲りくねって
ゆっくりと消化されてゆくだろう

体温を失うときまで
心臓へ血液を運び　心臓から血液を運ぶ
もはや一本の管となっている

84

遠くとどろく雷鳴
鍵裂きにかすめる閃光
かすかにさわぐ樹木のそよぎが
地上のここまで伝わってくる

古い麦藁帽を顔に伏せ
風になびく草原に寝転がっている
汗ばんだ両手の指を
波打つ下腹のあたりに組み合わせ

なにを待っているか
なにを聞いているか
いま　なにかが起ころうとしている

曇天から　冷たい大粒の一滴が

あごの先に落ちかかり
轟然と襲うものに耐えようとして

101

美しい風景を憎む
紅葉しかかった山肌を
すすきの穂がなびく高原を
みごとに晴れあがった青空を

壊れかかった煉瓦づくりの駅舎を
風に葉うらを光らせる白樺を
樹の枝のあいまに覗く別荘の屋根を
むこうのとんがった山の峰を

いつか　稲の葉が揺れる平野のなかで
泥臭い熱風に吹かれて
つるはしを振りかぶった時代を忘れるな

ブルジョアのかぐわしい伝説に彩られた
いつわりのふるさとを耕して
美しい風景を憎む

113

あれか　これか
腫れたまぶたの裏で想いをめぐらす
まったく落ち着く場所を知らない
ぬめぬめした欲望の河っぷち

眠りに落ちるわずかのあいだ
みずからを慰めてひとり興奮するか
おんなを抱き寄せて　ともに燃えるか
白い闇に囲まれて横たわっている

うつつのなかで窒息しそうな
なに者かが締めつけてくる圧力に
身をよじらせ　寝返って
とどまるところを知らない

底のない欲望の深みに吸い込まれて
あえなく溺れ死のうとする

129

切りとられた過去を
一枚の紙の上に貼りつけよ
剝げかかったセピア色の
身動きしない一片の写真となって

まったく消えかかった記憶の底から
ふいに浮かび上がってくる
日付さえさだかでなかったものが
確実に時間を巻きかえす

無造作に放り出された紙束の
任意の個所から抜かれた
より若いころの獰猛な自分自身！

ある日　ある場所の　俺が切り抜かれ
もののみごとに張りつけにされて
スクラップになっていらあ

（『白い闇』一九八一年白地社刊）

詩集〈ありがとう〉から

かもつれっしゃ

がちゃん　がちゃん　がちゃん
　がちゃん　がちゃん　がちゃん
　　がちゃあああん　がちゃあああん

がったん　ごっとん　がったん
　ごっとん　がったん　ごっとん
　　がったん　ごっとん　がったん

ごっと　がった　ごっと　がった
　ごっと　がった　ごっと　がった
　　ごっと　がった　ごと　がた

がた　ごと　がた　ごと　がた　ごと
　がた　ごと　がた　ごと　がた　ごと
　　がた　ごと　がた　こと　かた　こと

かた　こと　かた　ことかたこと
　かたことかたことかたことかたこと
　　かたことかたことことことことこと

ちいさなちきゅう

まわれ　まわれ
　ちいさな　ちきゅう
　　わたしは　いま
　　アラビアの　さばく
　だあれも　しらない
　　わたしは　けものと　あそぶ

まわれ　まわれ
　ちいさな　ちきゅう
　　わたしは　いま

　ほっきょくの　うえ
だあれも　しらない
　わたしは　こおりと　ねむる

まわれ　まわれ
ちいさな　ちきゅう
　わたしは　いま
　ロケットの　なか
だあれも　しらない
　わたしは　うちゅうを　およぐ

くしゃみかぞえうた

一で　ほめられ
　二で　そしられ
三で　かぜひき
　四で　せきがでて
五で　へんとうせんえん
　六で　こじらせ
七で　ねこみ
　八で　むねいたため
九で　ぜんそく
　十で　とうとう　なおらない

せみ

じぶん　じぶん　じぶん
　じぶん　じぶん　じぶん
じぶん　じぶん　じぶん
　じぶん　じぶん　じぶん

じかーん　じかーん　じかーん
　じかーん　じかーん　じかーん
じかーん　じかーん　じかーん
　じかーん　じかーん　じかーん

じゆう　じゆう　じゆう
　じゆう　じゆう　じゆう
じゆう　じゆう　じゆう
　　じゆう　じゆう　じゆう

さかだち

ぼくは　もっている
　ちきゅうを
りょうてで
　　ちきゅうをもっている
　ぼくのては
いま　ちきゅうを
　　　もっている
ぼくは　もっている
　いえも　いぬも
まちも　やまも
　　さかさまにもっている
　ぼくのては
いま　ちきゅうを
　　もっている

ぼくのしるし

ぼくのはなぺちゃ
　　だれに　にた
だれにもにない
　　　ママににた
　うさぎが2ひき　いえにいる
ぼくのべたあし
　　だれに　にた
だれにもにない
　　　パパににた
　やもりが2ひき　いえにいる

ぼくのでべそは
　だれに　にた
だれにもにない
　　ぼくのもの
　ぼくが　ぼくである　しるし

さかさま

しんぶんし　を
　さかさまによんだら
しんぶんし　は
　やっぱり　しんぶんし

たけやぶやけた
　はんたいにいったら
たけやぶやけた　は
　やっぱり　たけやぶやけた

いかたべたかい
　うしろからたずねたら
いかたべたかい　は
　　やっぱり　いかたべたかい

るすになにする
　やまのこだまにきいたら
るすになにする　は
　やっぱり　るすになにする

（『ありがとう』一九八一年理論社刊）

詩集〈モンゴルの馬〉から

三つの美しい山のふもとで

1

氷河の白い固まりのなかには
凍え死んだ野生の鹿の姿は
もはやどこにも見いだせなかった
びくともしない氷の岩に腰かけながら
冷たい破片を石ころで削りとって
手もとの紙コップにほうりこみ
ポケット瓶の蒸溜酒《アルヒ》を注ぐ
青光りする氷塊の底から
水滴がすこしずつ砂礫にこぼれて
狭い山道にわずかの流れを走らせる
見上げると右に切り立つ崖の
いまにも崩れおちそうな庇が
くねくねと中天まで伸びてゆき
真っ蒼に切り裂かれた空のぎざぎざが
灼熱の太陽をかがやかせる

ほどなく昼の休憩
黒褐色の岩山のなだらかな稜線が
三方からかさなりあう鞍部の草むらで
赤い敷布をひろげて　あぐらをかく
長さ八十センチはある鉄串のシャシリク
ブリキ製の長方形のこんろの火に
やわらかな太い羊肉の数切れをあぶり
野菜といっしょに片手で頬張るとき
とろける汁に舌がしびれそう

さわやかな風が谷あいから吹く
さきほど削りとった氷片をかきまぜて
ひやりとしたアルヒのオンザロック
ゆっくり舐めかえしていると
夏の荒涼としたゴビの山のなかで

ふいにほろ酔い気分が深まり
寒い五体が火照ってくる

2

禿鷹の谷からの帰り
マイクロバスに乗った一行と別れて
小石まじりの山道をひとりで歩く
まばらにしか生えない草の近くの穴に
地リス《ズラム》の群れがすばしこく逃げこみ
小首を出してこちらをうかがう

紫の花がかおる途中の高原には
正体不明の白い骨が無造作にころがり
砕けた頭骸が散らばっていたりする
あるいは羊や馬の乾いた畜糞
ときには蠅の群れが飛びまわり
まだやわらかい排泄物の固まりが
鼻の先に臭ってきたりした

にわかに肌寒い風が吹きはじめる
さきほどまで晴れていた空が
いつのまにか積乱雲に埋めつくされると
暗い灰色をした頭上から
いきなり稲妻がひらめいてきた
野鳥の一群が鳴きながら飛び立ち
黒褐色の地表をかすめてゆく

急ぎ足のぼくの視界には
掘立小屋も　樹も　岩も　見つからない
あわてて背後をふりかえっても
ただ辺境の山脈がうねっているだけ
すでにぼくの頭や肩には
雨しずくよりもしたたかに叩いて
こぼれ落ちる物音がしていた
豆粒のように地上にころがる白いものは
まぎれもなく真夏の雹《ひょう》だった
三つの美しい山《ゴルサイハンオール》のふもと

なおも白いつぶてが石ころにあたって
軽機関銃のようにはじく音を立て
どこまでも追いかけてくる
ぼくはだれとも出くわさないまま
脱走した俘虜みたいに腹を空かして
分かれ路になった地点まで歩き
背を曲げてたたずんでいた

曠野の虹

それは蜃気楼ではなかった
きのう　ラクダが群らがっていた北の
ずうっと遠い地平のはてから
反対がわのはるか南の
茶褐色の大地のはしにかけて
赤　黄　紫にいろどられた太い脚が
くっきり　空を支えんばかりに
おおきな弧を描いている

雨の滝がやんだ頭上から
まだ　滴がわずかにこぼれ落ち
ひろがる荒原のくぼ地には
銀の小さな水たまりが光っていた
あのむこうのラクダ飼いの一家では
酸っぱい乳酒《ホルモガ》をごちそうになって
ハルマックの発酵酒をおかわりし
その小さな丸い実をしがんだ
それかあらぬか　雨の音か
今朝早く目がさめて
ふっと　近くの馬を見に行きたくなり
ひとりでゲルの外へ出かけたとき
ふと西の空にかかる見事な虹を
この眼でたしかめた

そのおおきな半円の光環は
乳色の雲をはじきかえしかねない
あっけに取られて見とれている視界に

野営地から早起きした青年が
敏捷な手綱さばきで馬を責めながら
黒紫にかすむアルタイ山脈のはずれへ
まっしぐらに駈け抜けてゆく
そのうしろ姿がみるみる遠ざかり
トビネズミぐらいに小さくなっても
天然の光りかがやく贈りものを
くぐりきれそうになかった
無言でたたずんでいるぼくが
見張りの老人にその方向を指さすと
着古した衣裳《デール》のしわくちゃ顔が
いかめしい視線をやわらげ
無言でうなずく

ウムヌゴビを移動する朝
ふたたび雨の滝が流れだしてきた
国営キャンプ場のツーリストたちが
ようやく起きて遅い朝食をすませたとき
荒涼とした地平のどこにも
迎えの飛行機は到着しそうになかった
もはや　あのおおきな光の帯も
騎馬にまたがった青年の姿も消えて
取り残されたかれらはのほほんと
ただ単調な空を見上げている

（『モンゴルの馬』一九八八年素人社刊）

詩集〈よそ者の唄〉から

首都抜け穴

ローマ法王庁大使館の
高い塀に囲まれた前庭では
植え込みの樹々の枝葉に隠れて
日本のつくつく法師が鳴いていた
まだ暑さが消えない遅い午後
ありたけの声をふり絞り

ここ千代田区一番町の中ほど
一車線一方通行の道路をはさむ
向かいの白い高層ビルの地下室で
流通産業経済研究所の
年老いた痩せぎすのコンサルタントは
ひげ面に青白い微笑を浮かべ
京都からやってきた背広のぼくに
ゆっくりと低い声でさとす

「この閉塞した政治状況下で
立ちはだかる分厚い壁を認識し
いかに抜け穴を探しだしてみせるか
っていうことでしょうね……」

クーラーのよく効いた部屋で
回転椅子をくるりとまわして背を向ける
みごとな銀髪の所長と別れたあと
ふいに迷いこんだ地階の暗い通路
きっと　出口はどこかにあるのだろう
――Excuse me,……the exit?
額から噴きだす汗を片手で拭い
すれ違った国籍不明の中年婦人に
どもりながら道を尋ねた

もしや　あの暗い場所は
じっさいの袋小路ではなかったか

日差しの強い路上に　どうにか抜けでて
自動車の往来も少ない住宅街の
塀に囲まれた樹々の茂みをあおぐと
あのローマ法王庁大使館の
まだ止みそうもない蟬しぐれが
汗みずくになったぼくの背中へ
いっせいに降りかかってきた

ヒロシマの鳩

クウ、クウ、クウ
空、空、空、空、空
昼前の広場から
いっせいに飛び立った鳩の群れが
元安川の上をゆっくり旋回する
かがやく噴水よ　もっと高く
真夏の空にまっすぐ吹きあがれ
蒸れるそよ風よ　もっと生ぬるく
よどむ川端から強く吹きつけよ
相生橋のほとりの
鈴木三重吉の碑にそよぎかかる
しだれ柳の前にたたずむとき
崩れかかるドームの
かたむく残骸よりも斜めに
慟哭している　おびただしい死者たちの
短い影

おお　幻か
かげろうが燃える向こうから
身動きしない人間たちを積んで
京都の地名をつけた中古の電車が走ってくる
「祇園」「西陣」「銀閣寺」……
その上を横切って
本川へ舞いもどるひと群れの鳩よ
張りつめた青い空にむけて
近くの球場から聞こえる
大歓声よりも高く鳴け

苦、苦、苦、苦、苦
クウ、クウ、クウ

長崎幻花

霧雨の降りしきる道ばたに
あじさいの球の群れが揺れている

「こちらのほうでは
〈おたくさ〉と呼ばれております」

土地のすらりとした少女は
うす紫に開く花の前に立ち止まり
両眼を細めてうつむくと
紅いこうもり傘のなかでほお笑んだ

ゆっくり歩く切り通し
濡れた石だだみの坂道は
さきほど見てきた大きなべっ甲の
ぬめぬめした背中を想いだださす

丘の上のミッションスクールから
下校する女学生が三々五々
羽ばたく足取りですれ違って
古い洋館の側を通り抜け
ロザリオと関係ないおしゃべりをして
下界の家へ帰ってゆく

〜赤《あツか》とバイ……赤《あツか》とバイ……

ふいに耳が鳴って
案内してくれた少女の口ずさむ唄が
別れたあとからよみがえり
紅いこうもり傘のむこうから
あの戦火に焼かれた坂道の多い街の姿が
まっ赤に浮かびあがってきた

ぎざぎざになった深い入江
霧雨が降りしきる視界のなかに
淡紅に変わったあじさいの球の群れが
わずかに揺れている

コザの夜

白いの　黒いの　黄色いの
大きいの　小さいの　肥ったの
痩せたの　中ぐらいの　高いの　低いの
男　おんな　おとこ　女　おんな　男　男　男
来るわ　来るわ　やって来るわ
大人　子ども　青くさいの
おじん　おばん　若年寄り　家族づれ
兵隊　ホステス　商売人　ウェイトレス
観光客　正体不明　エトセトラ
ごじゃごじゃ　混ぜこぜ　いっしょくた
ぞくぞく地面から湧いてくる

まだ二月半ばなのに
春のような夜風が生ぬるく吹いてきて
亜熱帯の闇のあちらこちらから
ニッポン人よりも　ニッポン人でない人間たちが
ぞろぞろぞろぞろぞろぞろぞろぞろ
ここはアメリカ空軍の嘉手納基地に近い
コザ中ノ町歓楽街
英語とローマ字のネオンサインが
あやしく明滅し　またたいて
昼間の憂さを吐きださせる
問題の核兵器はあるのか　ないのか
そんな野暮なことは置いてきぼりにして
アンプのきいたハード・ロックのリズムに乗り
肌色のちがう男女が入り乱れて
猥雑に踊り狂う

それでも　ここはニッポン
飲みなれないアワモリの水割りを

もう一ぱい追加して
ふいに酔いがまわってきた
ヤマトンチュの俺の眼の前で
十字路に見かけた映画館の立看板から
浅黒い肌の美女がすっ裸のまま抜けだして
髪をふり乱して独り歩きすると
基地に埋められた島の夜は
ぐらり傾いて更けてゆく

(『よそ者の唄』一九八九年編集工房ノア刊)

詩集〈東西南北〉から

帯電紀行

めまいのように揺れている
雨のそぼ降るオペラ広場から
サンジェルマン・アン・レイまで
高速で運ばれる地下鉄の席に腰かけて
それは同行の添乗員さえ気づかず
ぼくしか感じなかったもの

雷が鳴りひびくフランクフルトから
ハイデルベルク大学にむかう専用バスのなかで
マインツからコブレンツの古城まで下がる
ライン河の華やかな大型客船の甲板で
ベテランの現地ガイドさえ見逃し
ぼくにしか閃かなかったもの

雪のクライネ・シャイデックから
ユングフラウヨッホに上がる登山電車の通路で
出国手続をしたコルナヴァン駅から
パリへ全速力で疾走するTGVの車窓で
それはビデオにもテープにも残せず
国際電話でも話せなかった

ベニスの古びた運河のゴンドラのへさきで
ウィーンの森のホイリゲ村にゆくタクシーの途中で
マドリッドの混みあったメトロの揺れる隅っこで
霧のヒースロー空港に降りるジェット旅客機のシートで
それはガイドブックにもメモにも記録されず
宇宙衛星でも送信できなかった

ことばの異なる人びとと出会い
さまざまな交通機関を乗りついで
ひろびろとした大陸をさまよいつづけるとき
いかなる地図にも載っていない　無形の
地球の内奥のなにものかの力を帯びて
まだ　ぼくの全身が揺れている

未知からのメッセージ

わたしのみすぼらしい言葉が
ひろびろとした海原をわたって
大地をたがやす少女の濡れた頬を
すこしでも乾かせるものなら

わたしのかぼそい低い声が
いくつも重なる山脈を越えて
街路にはたらく少年の飢えた心を
わずかでも充たせるものなら

大陸からやってきた若い友よ
伝えてくれ　母国のやさしい言葉で
列島を通りすぎるそよ風に乗せて
遠くまでとどくアクセントを

＊

感じますか　あなたは
宇宙からの信号を
書きしるせますか　君は
世界からのひらめきを

体温をもった人間の肉体は
冷酷なコンピュータの端末機よりも
はるかに優しいこころで
すばやいしぐさで
未知からのことばを送受信し
きっと自己確認と他者伝達ができる

この世の人間にとって
もっとも幸せなことは
心臓の鼓動がつづいているうちに
宇宙世界の背後にある何者かのエネルギーと
霊的な交流ができることだろう

あなたは産めるか
自己以外の何者かと交流することによって
ういういしい生命をもつ物体を
君は創り出せるか
自己の思想を発信することによって
みごとに独り立ちした分身を

（『東西南北』一九九一年編集工房ノア刊）

詩集〈インドの記憶〉から

天竺の牛

ワルマ博士に

この国の牛は、背中に平らなこぶを一つ持つ。シヴァ神の腰かける台座のように。たとえシヴァ神が乗らなくても、交差点のまん中に尻を下ろす。鉄砲を持った警官のそばで交通整理をする。

この国の牛は、ゆうゆうと盛り場を歩く。ナンディーのように大きな円い目をむく。映画館の切符売場を見張り、バザールの細い路地まで巡視する。通りがかりに露店の揚げ物を毒見し、街路樹の落ち葉を口で掃除する。

この国の人びとは、聖なる牛の裔とともに生きている。くびきをつけて。大平野をたがやさせ、荷車を曳かせる。あるいは乳液をしぼって飲む。糞を干して燃料にする。クリシュナの大昔からそうしてきたように。

黄昏の記憶

そうだ。これはいつか見た風景だ。落ちかかる陽の光を浴びて、むこうの低い草ぶきの集落がまばゆい。黄色い菜の花が揺れうごく原野で、まだラクダが畑を耕し、その手前で牛や豚が群がっている。めずらしく孔雀があぜ路に止まり、近くのバニヤンの樹の下で、村の人たちが休んでいる。井戸のそばで、真っ裸の子どもが水浴びをして遊び。青みどろの水たまりで、濡れた黒い肌を光らせる水牛。この景色はたしかどこかで出会った。

赤く燃えつきた火の玉が原野の奥に沈む。疾走する車の窓から、なにものかの焦げる匂いがする。土色に濁った河が流れ、古い鉄橋を渡ると、丈の伸びたとうもろこし畑がつづく。あたりはうす暗くなり、ほどなく天地の闇のあいだにぼくだけが吸いこまれてゆく。そう遠くないところで、小さな灯が星になってきらめく。そうだ。このなつかしい光景は、ぼくが生まれてくる前に眺めた。幾世も昔のぼくが見かけた記憶だ。もしかしたら、別の星の世界で。

カートマーンダゥ

細い迷路の角を曲がると、むこうから幼いぼくが裸足で駈けてくる。鼻水を垂らし、つぎはぎだらけの汚れた半ズボンをはいて。鼻先のなつかしい臭気は、古びた小屋につながれた牛の新しい糞か。となりの農家の腐りかけた熟し柿か。それとも草刈り鎌で傷つけた小指の血の匂いか。ぼくは重たい首をかしげながら、頭でっかちの少年と擦れちがう。カートマーンダゥ。

抜け落ちそうな青空に、そのまま昇ってゆきそうな坂道。白銀の高い山脈がまぼろしになってそびえる。北の空にまばゆく走る峠を越えると、赤茶けた砂ぼこりが舞い立つ町に出る。高原の盆地に、錆びたレンガ色のひしめく家並み。その建物の塀や壁には、光が線状に輝く太陽や、横長の灯油ランプや、大きな草刈り鎌が黒く走り書きされている。幼いぼくがいたずら描きしていったように。

（『インドの記憶』一九九二年花神社刊）

詩集〈小オデュッセウスのうた〉全篇

メタモルフォシス僧院で

天と地をつなぐいにしえの網はしご
岩山はテッサリアの平野にそそり立ち
茶色の屋根がその頂にまばゆく輝く
ビザンチンの修道僧が立てこもった館
サングラスをはずせ　上衣を着ろ
イコンやフレスコや聖具に囲まれている
土踏まずがむずがゆくなる絶壁の近く
両手をひろげて山の気を深く呼吸し
いまの姿以外のなに者かに変身せよ

クノッソスの謎

紀元前の空の青の下で
六十歳過ぎのぼくはきわめて卑小な存在だ
眼の前のクリティ海が日の光を反射して
オリーブ畠の緑の茂みがまぶしく輝き
斜面の土の中に埋もれた古い王宮は
掘りかえされて　巨大な壺を残したまま
神でも英雄の裔でもないアジアの小男が
見えないアリアドネの糸の先を探している

パルナソス山のふもと

咲きこぼれるエニシダの黄色い花
下界までひろがるオリーブの畠
濃緑の枝葉でそそり立つ糸杉の並木路

「道をあけろ、乞食……」
しかしあのライオス王はもはやいない
武具を鳴らす兵士たちも　オイディプスも

神々が住んだ山の絶壁のふもとには
舗装された高速道路がなめらかに走り抜け
大型バスが黒い排気ガスをまき散らす

アポロンを祭る古代の聖域では
布告をきざんだ彫刻や復元されたへそ石に
物見遊山の俗物たちが群がっている

デルフィのはずれ

十数頭の羊の群れが　自分の庭で
短い牧草をゆっくり食んでいる
からころからころと軽い鈴の音がつづく
灰色の岩をむき出した高原の斜面

古い農家が散らばる野っ原に
エニシダの黄色い花が揺れうごく
巻き毛の女の子はままごとをして遊び
足の長い少年は中古の自転車を乗り回す

さびれたスキー小屋の宿舎の二階で
山風が唸り　窓ガラスが震えだす
五月なかばの暮れなずむ曇り空の下に
異邦人のぼくはひとり取り残される

アクロポリスの雷神

それっ　ゼウス様のお出ましだ
あれほど輝いていたアテネの空に
たちまち灰色の雲をかき集め
カギ裂きに閃光を走らせて
いかずちを激しく鳴りとどろかせてくる

はるか　オリンピアの神殿から
息せき切って　雨脚が駈けてきた
聖なる丘のパルテノン神殿をひと飛びして
赤いケシに埋まる古代アゴラ周辺を過ぎ
近代ビルの上を大股で越えてゆく

こぼれる水は浄めのしずくか
異教徒に傷つけられた怒りの涙か
どんなに空をあおいで見まわしても
あのカシの葉の冠も　王杖も見えない
ましてや豊かなあごひげの顔なんぞ

小オデュッセイア

Sing in me, Muse, and through me tell the story
of that man skilled in all ways of contending,
the wanderer, harried for years on end,
after he plundered the stronghold
on the proud height of troy.

——*from the Odessey by Homer*

黒地のTシャツにサングラスをかけて
ぼくのオデュッセウスが行く
排気ガスと交通渋滞のアテネの街を
ぜんそくのように咳をして通りすぎてゆく

おお　ムーサよ　祈ってくれ
アジアの遠い国から流れてきたかれのことを

胸にホメロスの一節を白く抜いて
ぼくのオデュッセウスが行く

ギリシャの踏みにじられた山野を越え
半壊れの史跡に驚きながら巡り歩いてゆく

　おお　ムーサよ　話してくれ
　いくたびもくりかえされた戦さのくさぐさを

小脇に描かれた竪琴を奏でるふりして
ぼくのオデュッセウスが行く
汚れのひどいエーゲ海に船出して
観光客とゴミの溢れる沖合を漂ってゆく

　おお　ムーサよ　告げてくれ
　海の神ポセイドンの怒りの恐ろしさを

SサイズのTシャツに汗をにじませて
ぼくのオデュッセウスが行く
開発された島の渓谷をさまよいながら
滅びそうなアポロ蝶の舞う姿を追ってゆく

　おお　ムーサよ　歌ってくれ
　ホメロスの死の唇にとまったという蝶の話を

エウローペ幻想

ロードス島で

むかし　そのむかし
フェニキアのさる王の娘は
ある春の涼しい海風に吹かれて
ヒヤシンスやスミレの花をつんだり
裸になって水を浴びたりしていたのだろう
その美しいおきゃんな娘の背には
ブロンドの長い髪が垂れていた

そのころ天の神ゼウスは
聖なるオリンポスの山の上から
下界を見まわしているとき
ひときわ光った娘が目についたのだろう

ねたみ深い妻にかくれて
やさしい目のまっ白い牡牛に姿をかえ
そっと浜辺に近づいていった

娘エウーロペと牡牛は
すっかり仲よくなって遊んだ
かの女がかれの背に横乗りになると
牡牛はうれしそうに歩きだし
ふいに足を早めて海の中に入っていった
ゼウスはふるさとの島に着いて思いをとげ
エウローペは幸せに暮らしたそうな

いま　一九九三年五月なかば
「騎士の館」のサロンの一室には
北どなりの島から運ばれてきた床に
紀元一世紀作といわれるモザイク模様の
「エウーロペ誘拐」が敷きつめられている
その色あざやかな絵の前に立ちながら
ぼくはふっとヨーロッパ地図を想い描く

ギリシャとイタリアは長く伸びた脚
頭がデンマークなら　胸はベネルックス
へそのマーストリヒト　ドイツとフランスは左右の腰か
そしてかの女の右手と衣の先は
イギリスとアイルランドかもしれない
ぼくはジグソー・パズルを解く手つきで
ＥＣの国を嵌めこもうとしている

寓話

かつてギリシャのニンフたちは
美しいバラやぶどうの葉っぱを摘んで
髪に飾るかんむりをつくった
日の光が輝く野山を走りまわると
小川の水を浴びて草の上に眠り
山羊の乳をしぼって飲んだ
ときにはディオニソスと遊びたわむれ

サテュロスたちと踊り狂った

いま　どこかのニンフたちは
満員の通勤電車に押し込まれて
耳に小型ヘッドホンを詰める
ガラスの輝く高いビルの谷間に入ると
椅子に座ってパソコンを操作し
ヨーグルトをすすってパンを食べる
夜にはカラオケを歌って憂さを晴らし
ディスコへ行って踊り狂っている

（『小オデュッセウスのうた』一九九四年未踏社刊）

詩集〈ネーデルラントの野良犬〉から

エラスムスの像の前で

Ｍ・Ｍに

不案内な港湾都市の街を歩きながら
ぼくはもの静かなあなたと話した
銀髪でこころもち猫背のあなたは
白い眼鏡のフレーム越しに
ときどきこちらへやさしい眼差しをむける

すこしワインを飲んで
別れのディナーがすんだあと
白地模様の上衣の下に
コードレーンのシャツを着たあなたは
たそがれの街路を案内し
通りが交差する場所で立ちどまった

一瞬　あなたの眼がキラリと光る
指差す方角を見ると
みどりに茂る樹木の下で
思慮深げな哲人の立像が帽子をかぶり
左手で部厚い書物を持って
右手でページをめくりかけている

季節ちがいの肌寒い夜風が吹く
あなたはさりげなく頬笑んだ
その無言のやわらかい表情から
あなたの測りしれない暖かさが
わたしの胸もとにつたわってくる

シーボルト記念庭園

W・Kに

うす紫に咲きかかる
おたくさの花のそばで
眉毛の濃い胸像のあなたは
大きな眼を見開いて　広幅の襟を立て
あずま屋のむこうの空間になにを見ましたか

砂利の海がさざ波を立てている
みどり美しい島のそこここには
あなたの好きな植物が茂っているでしょう
熊笹が風に揺れている岩のそばには
キリシタン石燈籠がたたずみ
右手のずっと奥深く
みごとな枯滝が流れ落ちています

あなたの住居にほど近い
ゆいしょあるライデン植物園の一角
まわりの芝生から浮かびでる
べんがら築地塀に囲まれて
あなたは流れ着いた日本のことを想っていますか
あるいはあなたが愛した長崎のまずしい女性のことです
か

それとも出島の受難のことですか
道ばたに茂る欅の大樹が
枝をひろげて空をおおうばかり
運河越しの街路を行きかう自動車の爆音さえ
およそ聞こえてきません

俗世界から遠ざかったここには
ながい船旅の危険をおかして
あなたがあこがれた枯山水の庭が
いつまでも残されることでしょう

（『ネーデルラントの野良犬』一九九六年編集工房ノア刊）

詩集〈半壊れの壁の前で〉から

ニューヨーク二篇

第二ワールド・ファイナンスセンタービルで

この高層の窓からは
中空を横切るヘリコプターでさえ
ぼくの足の下を小さく滑っていった

エアコンディショナーがよく利く
三方が透明なガラス張りのフロア
白い壁の快適な応接室で
横長の額のなかの前衛絵画も
一点の染みでしかない

ハドソン川の下流が見下ろせる
銀行支店の窓ぎわでは

日本の若い為替トレーダーが
カッターシャツのネクタイをゆるめ
パソコンの画面とにらめっこしている
つぎつぎに映しだされていく
横文字と数字の株価――

ふり返ると
スタテン島がかすむ夏の海で
あの自由の女神が頭だけを突きだし
おなじ場所で立ち泳ぎしていた

グランド・セントラル駅

あのメイン・コンコースの
見上げるばかりの高いドームには
数えきれないほどの星たちが
真昼でもまばたいているでしょう

このターミナルは　しかし
巨大な劇場ではありません

ぼくは通りすがりの日本人で
地下のオイスター・レストランから
さきほど　階段を昇ってきたばかり

あなたはどこから来ましたか
バッファローですか
デトロイトですか　シカゴですか
きみはどこへ出かけますか
ブルックリンですか　ブロンクス動物園ですか
ボタニカル・ガーデンですか

ほとんど足早に過ぎてゆく
ビジネスマン　ギャル　学生
旅行者　二人連れ　家族
男　女　若者　子ども　そして老人――
右も　左も　前も　後ろも
まわりは人だらけ

思い思いの服装に身をかためて

白昼を演技してゆく渦に巻き込まれて
好奇心の強いぼくは　しかし
けっしてエキストラではありません

サンジェルマン・デ・プレ教会にて

五月の朝
鼻のゆがんだ童顔の長髪に
一羽の鳩がだまって糞をたれる
ピカソ作のアポリネール像に
白いヘアクリームを塗りかけるかっこうで

曇り空を突きさす高い鐘楼
小さな前庭の古くさいベンチでは
こうもり傘を杖にした白髪の老人が
ぼくの横で水っぱなをすすり
部厚い本のページをめくっている

＊

"Cogito, ergo sum."

パイプオルガンが高貴に鳴りひびく
聖歌隊左側の第二チャペルのなか
哲学者の胸像は見上げる位置に

正面からひと筋の光線が洩れてくる
四枚のステンド・グラス　その外がわで
わずかに樹木のざわめき

ぼくはさきほどから自身に問いかけている
——これまでの半生は
疑うことばかりではなかったか　と

"Dubito, ergo sum."

美しい眺め

この数日のあいだに
西山の紅葉が色を濃くしてきた
妻は大手術がすんで個室にうつり
北枕になったベッドを気にして
素顔で窓のそとに目をやっている

あのユリカモメの群れが
今年もまた渡ってきたらしい
如意岳の大文字の上に日がのぼると
琵琶湖の方角から編隊を組んであらわれ
住みなれた高野川に降りてゆく

妻はうつらうつらして
午前の検診を担当医から受け
看護婦が点滴を取りかえるのをたしかめる
まだ　食事ができないまま
またうつらうつらして

昼下がりの長い時間に耐えている

やがて西日が南のビルに照り映えるころ
あのユリカモメの群れが空高く
竜巻になって舞いあがると
いちにちの仕事を終えた仲間を点呼して
比叡の上の空を帰ってゆく

（『半壊れの壁の前で』一九九九年思潮社刊）

詩集〈浮世京草子〉から

橋の話

いや　かなんわ
それはやめとおき
なんぼ　先斗町から
あっちゃべらにかける橋やからいうて
ポン・デ・ザールやなんて
ザルで　水を汲むような
けったいなこと　せんときなはれ

アホらしい
しょうもないこと　考えなさんな
そんな　じゃらじゃらした話
黙ってられますかいな
シラクはんには　悪いけど
芸術橋やなんて　ハシにもボウにも
かからん話どっせ

世界文化遺産

ほれ　ほれ
お犬さまのお通りや
下鴨神社の表参道のどまんなかを
雨よけの胴巻きをつけてもろうて
のっそり　のっそり

「犬の散歩お断り」
入口の目につく立札もなんのその
糺の森常連のご婦人が
はんなりした傘をひろげて
むこうの鳥居のほうへ連れていかはるやろ
きゅうくつな首輪をはずして
やさしいもんや　ほんまに

暑い日にはうちわであおいでもろたり
人間の休む椅子の上に座って
毛をすいてもろたり
飼い主はビニール袋を持って歩いてるけど
見てるもんがいなけりゃ
うんこもしほうだい
踏んで滑らんようにしィや

葵祭や流鏑馬《やぶさめ》には
牛車や馬も通っていくさかい
犬かてかまわん　というわけやろか
ほれ　ほれ
どん突きの世界文化遺産のりっぱな看板が
秋口の細い雨しずくに濡れて
涙流してまっせ

「京都議定書」

えろう　京都の名が
観光やのうて　知れわたったもんや
北極や南極の氷河が溶けて
低い陸地が海へ沈まんように
「地球温暖化のための京都議定書」いうて
舌をかみそうな　ややこしい問題で
はずかしいほど派手に
えろう　騒いでくりゃりますなぁ

クーラーやテレビには
電気が必要やけど
その電気をつくるために
石油や石炭を燃やすし
自動車を走らせるときも
エンジンのなかでガソリンを燃やすさかい
二酸化炭素を出す量を決めやはったけど
アメリカはんは守らへん　と突っ張ねはるし

日本も　その目標を
半分ぐらいに減らしたん違いますか

まあ　そうやけど
こんど「温室効果ガスの排出量」などを
国のあいだで取引する
「京都メカニズム」ちゅうのがつくられて
民間企業にもルールが決まるそうでっせ
ぶっちゃけた話が
ただでさえ暑い京都の夏が
観光バスや車の排気ガスで暑うならんように
この地球がおかしくならんように
「京都議定書」が騒がれることを
ええ　としまひょかいな

（『浮世京草子』二〇〇二年澪標刊）

詩集〈洛中洛外〉全篇

賀茂大橋で

まだ　あこに雪が残っとるやろ
白い斜面に地肌の大の字だけがよう見えて
なんとまあ　粋なこと

夏の大文字さんはひと晩だけで
多ぜいの人だかりがして
見るのにひと苦労するのに
冬の大文字さんは
ここからまっ正面に見えて
朝でもゆっくり楽しめまっせ

ことしの正月は
いつもより雪が多いさけに
とっておきの大文字さんどすな

独りごと

ねちこい煮しめをよばれたあとは
なんちゅうても
ハマグリのおつゆがおいしいなぁ
喉もとから管をとおって
しみるように胃の腑へはいっていくのが
よう　わかる

まいねん　正月には
これを楽しみに待っとんのやけど
来年はどうなるやろなぁ
しょうもないことが起こって
仏壇のばあちゃんみたいに
骨になったら　えらいこっちゃ

ところが　えんばと
わしの独り言を
息子の家《うち》から遊びにきた孫娘が聞いて
――そうか　おじいちゃん
来年は骨になっとんのか
おばあちゃんとこにいけるさけ
ええのんとちがうか　いうのどっせ

チョコレートを食べながら
わしの肩をたたいて
話し相手になってくれるのはええけど
正月そうそう
げんの悪い話でげっそりや

時世

こないだ　久しぶりに
東山通りをバスでとおったら
なんとまぁ　あの祇園の角っこに
モダンなコンビニの店が出てましたわ
ちょっと向こうに

一力さんの紅い壁が見えて
なんともけったいなぐあいで
つろくが合いまへんどしたぇ

せやけど
八坂神社の石段の
筋向かいのええ場所やさけ
けっこうお客さんが出たりはいったり
ふだん着のおひとだけやなしに
あの舞妓さんまでがしゃなりしゃなり
すました顔で出てきやはりましたぇ

マスク

あの病気知らずのおトーフ屋さんが
きょうはめずらしく
大きなマスクしてきやはった
カゼどすか

怖いSARSがはやってますさかい
気をおつけやす　といったんや

そしたら　なんや
ゆうべ　ヒゲをそって
カミソリにかぶれやはったんやて
いつも自分のこしらえはった豆乳飲んで
精つけとる　いうたはったのに
安全カミソリも
ちょっとも安全やおへんな

あのひと　ヒゲがこわいさかい
ぬくいタオルで柔らこうしてから
安全カミソリを使うて
メンタム塗っとかはったら
ぶさいくなマスクせんでもええのに
そういうたら　合槌打ちながら
あごにマスクして
ラッパ吹いて行ってしまはった

ヌボすこ

あのひとにはかないまへん
自分に都合が悪いことがあると
「そうどしたかいなぁ」
とかなんとか　とぼけた顔つきで
うまいこと　はぐらかさんにゃ

このあいだも
こんどの自治会の会計は
おたくさんの番とちがいましたかいなぁ
とやんわり念を押したら
「ころっと忘れてしもとって
　ほかに引き受けてくれるひと　おへんか」
とすました顔で　いなされてしもた

あのひとには勝てまへんな
見た目は　ヌボッとしたはるけど
ほんまはすこいどすぇ

ぼやき

あーああ
しょうもないことが多すぎまっせ
消費税はあがるかもしれんし
年金は減るかもしれん
いちいち腹を立てたり
目くじら立てたりしとったら
身の毒どんな
そうやけどォ　このごろ
なんとのう　悲しゅうなってきて
心の臓《しん》にようおへん
もうちょっと
なんど　良いこと　おへんやろか
なんとかならんもんどっか
あーああ

事件

またか
またや
洩れか
洩れや
またまたか
またまたや
ひび割れか
ひび割れや
またまたまたか
またまたまたや

事故かくしか
事故かくしや
ほんまか
ほんまや

本能寺あたり

この張り紙見とうみやす

テロ対策 特別警戒実施中

やて

ぶっそうな世の中になったもんどすな
このごろ　どこのバス停にも
このお役所のお触れが出てまっせ

あの大東亜戦争に負けて
軍人が五、六十年すっこんどったのに
ぼんやりしとるうちに
だんだんのさばり出してきましたな
平安時代や徳川時代は
京の都には　ずっと
平和が長うつづいとったけど
また戦国時代がやってくるんどっしゃろか

見ざる　聞かざる　言わざる
さわらぬ神にたたりなし
それがいちばん無難ちゅうわけやろか
アメリカの尻馬に乗って
自衛隊をイラクに派兵しとることが
ようよう　わかっとっても
見て見んふりするつもりかいな

憲法9条を守らなあかん
しずかな声で話しかけただけでも
良いかっこうしいの　良いこと言い
と後ろ指差されて
住みにくい世の中どんな

黙ってられますかいな

イージスちゅうのは
ギリシャ神話に出てくる盾のことやて

そやから　イージス艦は
悪を払いのける盾になって
悪の枢軸のイラクに向けて
インド洋まで出かけていったんやて

なんでも
半径五百キロ先をとらえるレーダーで
目標の位置を探るそうでっせ
特殊なコンピューターを使うて
十以上の方向から飛んでくるミサイルを
自動的に防ぐシステムを持っとるのが
えらい自慢のタネや

暑い南の海まで遠出して
ご苦労さんなこっちゃけど
あの船の中は余裕のある二段ベッドで
クーラーが利いて　住みごこちがようて
仕事しやすいそうどすな
せやけんど

イージスがあげた情報で
もしアメリカの軍隊が攻撃したら
集団的自衛権を使ったことになるのと違いまっしゃろか

いやぁ　このごろは
憲法9条もなにも
へったくれもあったもんやない
どんどん　なし崩しに
既成事実を作っていくのが
いまの政治のやり方や
ほんま　こわいでぇ

花街

きょうはテレビで
都をどりが近づいたいうて
祇園まちのきれいどこを
ただで見せてもろた

――カガイでは……
アナウンサーがしゃべったはるので
なにごとかいなとイガイに思っとったら
ハナマチのことらしいわ

わしらは小さいころから
ハナマチ　ハナマチ　と聞かされていたのに
いつからカガイというようになったんやろ
なんとのう無粋で
落ちつきまへんやないか

親子

――オレやけど
おばあちゃんは……
電話口に出ると
別居しとる息子の声や
わしと話すのはぐつが悪いようなんで

ばあさんに受話器をわたすと
孫のことやらなんやら
じゃらじゃら　話しとる
四十過ぎても
オレ　オレ　いうけど
もうちょっとまともに自分が名乗れんもんかいな
まぁ　事件に巻きこまれて
ニセモノのオレが
金を振り込め　というよりは
ましかもしれんけどな

ほっちっち

かもてなや
お前の子じゃなし　孫じゃなし
赤の他人じゃ　ほっちっち　（伝承）

まるで　狭い部屋に
ズカズカと
土足で入り込んでくるみたいや

お昼ごはんのさいちゅうに
利殖やいうて　電話をかけてきたり
晩酌している夜さりに
不動産の売り込みをしてきたり
ゆっくりくつろげへんな

あんさんは
仕事で一生けんめいかもしらんけど
こっちは　やくたいや
話のとちゅうで切らしてもらいますけど
ごめんやっしゃ

型破り

あんた　えらいなぁ

能でも狂言でも
歌舞伎でも　踊りでも
たいがいのことは知ったぁはる

それに　お茶でも　お華でも
短歌でも　俳句でも
ちゃんと　おさらいしやはって
作法をひととおり心得たはるさかいに
ほんまに　けなるいわ

うちなんか
会社の型にはまってしもうて
お勤めのあいさに
ちょびっと　お稽古にいってるだけ
お薄をよばれる作法もしらんのぇ

こんな奥座敷に座らしてもろて
おみやが脹れてくるみたいや
かんにんぇ　行儀悪いけど
しびれが切れてきたみたいなさかい
崩さしてもろて
ええやろか

無作法同士

バスのなかで
コンパクトをひろげて
平気で化粧したり
地下鉄のなかで
ケータイを取りだして
笑いながら話したり
はた迷惑もへったくれも
あったもんやない

わしなんか遠慮しながら
人目をさけてちっちゃな魔法びんを取りだし
緑茶をちょびっとだけ

口に入れるのが精いっぱいや
おたがいに
作法の悪いのはあいこにしとこ
かんにんしとくなはれ

ええとせんならん

もったいない
あのべんがら格子のうち
つぶして百円ショップにしやはるそうどっせ
きのう　犬矢来も取ってしまはった
揚げ店になっとった床几を
きょうはトラックで運んでいかはった

あの筋向かいのうちは
入口のむしこ窓から
いつも覗かれているような気がしとったもんや
あれは風通しもよいし

日の光もさえぎるけど
すだれみたいに
向こうからはこっちがよう見えるもん

時勢やなぁ
潰すのはもったいないけど
まぁ　しもた屋にするよりは
ええとせんならん

祇園

きょうび
この京に住んどって
祇園の祇も知らんおひとがいやはる
ほんまにお気の毒どっせ
きのう　河原町の本屋さんにいったら
まっ赤っ赤の表紙に
「祇園」いうて

まちごうた漢字を印刷した雑誌が
はいったばっかしの書棚に
どっさり並べたんの

よい恥さらしやんか
こっちの顔まで
まっ赤っ赤になってくるみたいやんか
あんな　おおよそな雑誌
だれが買わはんにゃろ
祇園さんのたたりがあるぇ
はよう　おしまいやしたらええのに

晴れ間

いやぁ
あんな美しい虹みたん初めてや
けさの天気予報では
降雨量ゼロ　いうたはったのに

昼過ぎ　にわかに小雨が降ってきたんやわ
あわててチャリンコ走らせて
やっと御薗橋を渡りかけると
川岸の高いマンションの裏手から
ぱあっと天然のリボンがかかっとった

それがよう見ると
高野川の上《かみ》のほうで
ごっつい橋が架けられたみたいに
梅雨どきの薄日にかがやいとりましたわ
そのずっとむこうには
北山がうっすらとかすんどって
めずらしい景色どした

ちょうど
川端通りの信号が赤になって
自動車が橋の上で行列しとるとき
その中の一台の小型が
助手席の窓をあけて

デジタルカメラを片手に
七色の箔織りの西陣帯や　とか言うて
スナップ写真を撮ったはりましたわ
茶髪の若い男はんどしたけど
きょうび　なんとまぁ
粋なドライバーもいやはるもんどすな

犬飼い嫌い

びっくりするがな
おおきな声で
「あかん　ねき行ったらケガする」やて
高野川岸の土道を歩いて
せっかく雨あがりの
おいしい空気を吸うてんのに
あんたが飼い犬をわが子みたいにかばって
たしなめたばっかりに

わしの気分がこわされてしもた
わしは悪もんやない
あんたの面相の良い子犬が
首輪をはずされたさけ　いちびって
わしに飛びついてきたんやないか

けさの北山はええ眺めやが
ふと　足もとに
どこともわからんとこの犬のフンを見ると
顔をそむけとうなるな
あんたの犬がしたもんでないことは
百も承知しとるけど
およそ　共犯者みたいなもんや

わしは犬は大好きやが
犬飼いは大嫌いや
みんな目つきがようない
手にぶらさげたビニール袋で
道ばたのフンを拾いあげて

ボランティアをやらはったら
ずっと　人相がようなるわ

わやくちゃ

えらいこっちゃでぇ
とうとう戦争に備える法律ができてしもた
「有事法」いうて
オブラートに包んだ言いまわしやが
英語ではちゃんと
「War Contingencies」となっとる
「戦争法」やでぇ　わややでぇ

せんの第二次世界大戦で
こてんぱんにやられて
死ぬほどの大火傷したんを忘れたんかいな
ことの起こりはあのマッカーサーや
朝鮮戦争のころ

国の戸締りせなあかん　いうて
やっさもっさしてできたんが警察予備隊やったが
それがなし崩しに
自衛隊に変わってしもたやろ

ところが　こんどは
核やテロに備えなあかんいうて
偶発の戦争のための法律や
えらいこっちゃでぇ
あんたの怖がっとる戦争やでぇ
専守防衛やいうけど
せんにアメリカ軍の偉いさんから
「旗を示せ《ショウ・ザ・フラッグ》」と催促されて
インド洋のむこうまで
われわれの税金でこしらえたイージス艦ちゅうのを
わざわざ派遣したやないか

こんどは　また
自衛隊がはるばるイラクまで出かけるようや

大量破壊兵器を見つけなあかん　いうて
ぶっそうな戦争しかけといて
その後始末の手伝いに行くっちゅうんや
こうなると　軍隊といっしょやないか
あんたの大好きな花鳥風月をめでる楽しみも　自由も
いつなんどき奪われるかもしれへんでぇ
純粋で　中立的で　非政治的や　いうて
見て見んふりするあんたこそ
よっぽど政治的やないか

わやくちゃやでぇ
「戦争法」には気をつけなあかん
これからも目を皿にして見張っとらなあかん
憲法9条が泣いとる

幸せ

八月になって
小学二年のごんた坊主が遊びにきてな
足うらを踏んでくれたり
肩や首すじをもんでくれたり
なんとのう　ほっこりして
いつもとちがう気分にならしてもろた

ふだんは息子夫婦と分かれて
連れ合いとふたり暮しや
ぶら下がりや
竹踏みをしたり
お灸膏を貼ったりして
持病の筋肉痛をしのいどるもんやが

たまには良いことがないとなぁ
ここだけの話やが
連れ合いの小言ばっかり聞いとったら
心の臓にようないさけなぁ
これが長生きしとった功徳というもんやろか
いや　幸せちゅうもんかもしれん

アナログ人間

まぁまぁ　このごろは
おトーフ屋さんも
えろう　ハイカラにならはったもんや
ほれ　この　お盆休みのちらしに
ケータイの番号が書いたるし
Eメールのアドレスまではいってるわ

きのうの夕方
あのおっさんにたんねたら
いま機械のけいこしてまっせ　やて
高校いっとるぼんが
学校から帰ってきたあいさに
教えてもうたはるそうや

年寄りは機械に弱いさけ
デジタルの子にお世話にならんなんけど
わしなんか　インターネットのことで
息子とけんかしてしもた
あのおトーフ屋さん　えらいわ

すれ違い

あの人　東の生まれらしいぇ
なんでも京都大学で
天文学の博士課程にいったはる秀才で
空の星のことを研究したはんにゃて

こないだ
三条の英会話学校で
レッスンのとき　知り合いになったんやけどォ
鈍くさいうちとちごうて
英語の上達が早いさけ
さきにレベルアップしはったんや
「おめでとうさん」いうて

「お疲れさんどした」
と年下のあの人におべんちゃらいうたら
「ちょっとも疲れてないよ」やて

あきれるわ
秀才のあの人
勉強ばっかりしたはるさけやろか
おなじ日本人でも
言葉のすれ違いがあるもんや
英語よりむつかしいわ

進歩

そんな　あほな
身八つ口とか　こんぶ巻きとか
そんな古くさいことしますかいな
週刊誌がおもしろがって
もっともらしゅう書いとるだけどすぇ

着物の脇の下の
開いているすきまから両手を突っ込んで
胸のお乳をいろてみたり
着物とじゅばんの裾をたくしあげて
帯のあわいに挟んで
うしろから仲ようするなんて
ずうっと昔のことどすぇ

しょせん　この世は
おとことおなごどすけど
きょうびの若い妓は
はげたジーパンはいて
買い物かごつけたママチャリに乗って
粋なケータイ片手に
「お父さん　こんどいつ会いまひょ」
とかいうて
かどっこのコンビニから
四条通りを走っていかはりますぇ

心中

わしの小さいじぶんは
駆け落ちとか　勘当とか
よう聞かされたもんやが
このごろはねっから聞きまへんなぁ
それだけ　世の中が
開けたのとちがいまっしゃろか

そうやけど
あの心中というのは
たんまに聞きまっせ
それがけったいなことに
自動車のなかでしやはるのが
はやってるそうどっせ

いうたらなんやけど
お若いおとことおなごが
インターネットの出会い系サイトで
連絡とりおうとるうちに
いやらしい
その気にならはるようどすな

叡電出町柳駅

なんやいな　ごてくさと
お前が先に降りたれ
自分だけ車内にはいっといてからに
後ろのおなごはんに順番ゆずれ　やて
なにぬかす　アホたれ
涼しい顔して　連れと大原へ行く気か

わしはちゃんと
ここで順番を待っとんたんや
自分はさっさと席取りしといてからに
わしに指図するな
えろうすまんけど　お前の部下やないで

この土手カボチャ
はよう降りたらんかいな

マッチ・ポンプ

フセインのイラクが
大量破壊兵器をかくしとるとか
テロ攻撃を応援しとるとか　いうて
軍艦やら戦闘機やら軍隊を集めて
こわい戦争しかけといて
世界じゅうのテレビも新聞もやかましゅうて
やっと一段落したとおもうたら
やれ　復興や
やれ　支援や
やれ　治安や　いうて
またまた　世界中がやかましゅうて

いったい
この地球をどうしようというのんやろ
ミサイル攻撃で劣化ウラン弾を
めちゃんこ　ばらまいといて
いったい
人間はだいじょうぶなんかいな
大気や　動物や　植物は
どうもないんかいな
自分からマッチで火をつけといて
大さわぎさせといて
こんどはポンプで　自衛隊も手伝うて
火を消そうというんかいな

デジタルで戦争ごっこして
いっかど　まじめくさっとったら
あきまへんでぇ
いや　ほんま

建議

ブッシュはんの連れ合いの
ローラ夫人はテレビで見ただけでも
なんとのう上品で　さすがファースト・レディや
ニューヨークで多発テロが起きたとき
山荘から飛行機で空港に着かはったときも
落ちついたもんどしたなぁ

あのとき
いっしょに連れて帰らはった二匹の犬は
このごろねっから見かけまへんが
いまでもお元気どっしゃろか
おうかがいいたします

ご主人のブッシュはんは
ときどきテレビで見かけますけど
人なつっこい顔のわりに　目がうつろで
どことのう迷たはるみたいどっせ

テロ対策やいうて
あいかわらず気張ったはるようやけど
イラクではいまでも
敵も味方もぎょうさん　死人が出てまっせ

おねだりするわけやおへんが
ここはひとつ　ローラ夫人から
ブッシュはんやその取り巻きの偉いさんに
戦争のあほらしさを教えてもらえまへんか
たがいに人が殺しあうのはやりきれまへんな
せんに学校の先生やったローラ夫人なら
人にさとすのはお得意やと思いまっせ

迎賓館

先夜は満月がよう見えたのに
おおきな爆音が空から聞こえてきて
なにごとかいな　とびっくりしとったら

ブッシュはんを乗せたヘリコプターが
御所の迎賓館のほうへおりていきましたぇ
静かやった京の街も
警備のひとがあっちゃこっちゃから来やはって
にぎやかなこってした

オキナワ　中韓　アジア外交
イラク　鳥インフルエンザ　牛肉　拉致
せっかく遠いところからおこしやしたのに
ほんまにもう　むずかしい話ばっかりどすな
それに　おたくではハリケーンが
えろう暴れたそうどすけど
地球温暖化のせいや
いうといやした先生がいやはりましたぇ
なんで
京都議定書に復帰しはらへんのどっしゃろ

迎賓館いうのも良し悪しどすな
この寒い晩に
警備しといやすひとが
交代もせんと　ずっと立ちどうしで
ご苦労はんなことどっせ
公衆便所が近くにない　いうて
おちょうずもせんと辛抱したはるそうや
ようお気張りやす

悲しみ

寝ようとおもうて
ふとんをめくったら
茶色いもんが走っていくさかい
コオロギかとみていたら
ゴキブリが早足で逃げだしたんや
とっさに手もとの枕をかつけたら
それでもあおむいて動いとる
こんどは手ぶくろで押さえたら
とうとう茶色い汁をだして

動かんようになったさかい
鼻紙でふいて　くずかごにほかした

子どものじぶんは
苗しろでカエルをくわえた青大将に
石をかつけて半死にさせても
平気やったけど
年を取るほど傷つきやすうなった
なんとのう悲しゅうてな

いちょうしぐれ

そのときや
なにごとかいなと思うた
ふいに黄色いもんがぎょうさん
折からのきつい風に吹かれて
空から舞い降りてきたんや

快速バスが賀茂大橋を過ぎて
百万遍にむかって走っとるとき
窓のそとをよう見たら
目の前のいちょう並木から
黄葉がしぐれになって散っていくやんか

――このあたりは
湯川秀樹博士をはじめ
ノーベル賞学者を出した京都大学が……

その風景に見とれとると
乗客に案内する若い女の声までが
黄色う聞こえてきてな
季節はずれの黄砂とちごうて
なんともいいえん　ええ気分やった

年の暮れ

うす曇りの昼さがりのことや
糺の森の馬場にさしかかったら
木枯らしみたいな風が吹いてきて
ぎょうさん　もみじの落ち葉が
掃かれるような音を立てて
さらさらさらと吹きさらされていくのどっせ

もう　観光客も大型バスも来やへんし
犬をつれた近所のひとの姿も
めずらしく見かけまへんどした
買物に行った出町の商店街は
歳末の大売出しがあって
どっさり人波が押し寄せとったけど
馬場だけは静かで別世界どした

太いいちょうの根もとには
金色の葉っぱが渦巻いとって
ちょっと寂しい気になったけど
下着の腰のあたりに貼ったカイロが
ほかほかほか　温こうなってきて
生きとってよかったなあ
と　つくづく思いましたわ

終い弘法

あの夢二の絵
ほんまもんやったやろか
古びた道具や置物の上に
さりげのう露天の中に掛けたったけど
なぁに複製にきまっとる
そう思うて
イガくり頭のおっさんに聞かずに
黙って通りすぎたんや

さむざむとした境内では

食べもんや着るもんに
人だかりがしてごったがえしとったのに
夢二の落款のある絵の前では
だぁれも立ち止まらなんだ
そやけど　南大門出ても
あのしなやかな美人の眼がいまだに
わしを追いかけてくる気がしてならん

（『洛中洛外』二〇〇六年思潮社刊）

詩集〈紅の森〉から

事件のあとに

ひとりの人間が息を引きとるとき
おびただしい言葉が死ぬ
静かにこの世を去っていったひとも
あわただしくあの世にむかったひとも

「ほんとうにお世話になった」
「ありがとう　ありがとう　ありがとう」
「もう駄目だ　よろしく…」
「幸せになってください」

携帯電話で話されたさいごの声も
留守電に吹きこまれたメッセージも
Eメールから送られて途切れた文字も
ほんの一部でしかない

まして
緊急になにも伝えられなかったひとたちの
無数の無念の言葉は
ついに記録されることがなかった

くりかえし　くりかえされる
殺害現場のテレビの映像のむこう側では
死者たちの重い沈黙がうずくまり
濃い闇が立ちこめている

首都の朝

1

高速三号線にごく近い渋谷
坂道に面した中古のホテルで目覚める
夜どおし自動車の爆音がつづいて
頭のなかを通りすぎていった

縦長のシングルの部屋の小机で
家族からも　仕事からも解きはなたれて
ふと　和英対訳の仏教聖典をひらく
「血も涸れよ、肉も爛れよ、骨も腐れよ……」

しかし苦行した聖人に　とうていおよばない
この大都会の朝の空腹に
乳粥を差しだしてくれるひとなどいない

俗人のぼくは疲れた背広を着ている
階下に降りて　チェックアウトすると
早口の受付嬢に噛みつかれそうになる

2

ターミナル地下のチェーン店で
ランバダがいきおいよく鳴りわたる
それに合わせて足踏みをしている若い男

タバコを吹かしている女子大生たち
ジュースをすすっている外国の娘
スポーツ新聞をひろげるサラリーマン
ひそひそと低い声の中年男と厚化粧の女
ハンバーグをかじっているパンチ・パーマ
その片隅で年金の話をしている老女同士
…………………

寝不足のぼくは東武東上線に運ばれて
さっき　池袋に着いたところだ
店内の雑音に揺さぶられながら
スタンドの椅子に半座りになって
苦いコーヒーで目をさまそうとしている
「それで、ここは地獄の何丁目なのさ…」
放送の音楽はいつのまにかロックが終わり
早口のラップに変わっている

3

汚れていた街路が
ひと晩のうちに掃き清められた
ゆうべ降った雪が止んで
けさは広告の文字がきれいになっている

拭かれたばかりの青空から
まぶしい光線が神田駅に降りそそぎ
電車からこぼれ出したひとの群れが
雪解けの水の早さで流れ出して
狭い路地をひたしてゆく

これほど美しい朝の大都会を
かつてぼくは眺めたことがあったか
まだ雪が残っている街路には
一台の自動車すら走っていない

世紀末の隠喩

いまは婉曲話法の時代ではない

その微生物の名を恥ずかしがらずに
「ヒト免疫不全ウイルス」とじかに呼べ

祖先は中央アフリカの奥地
ミドリザルやチンパンジーの体内に
ずっと生きながらえてきた
いまは分岐して末裔が人間の血にひそみ
恐ろしい精力ではびころうとしているだけだ

あの忌むべき労咳も
呪うべき瘡（かさ）も癩（かったい）も
もはや前世紀の比喩でしかない
後天性免疫不全症候群に犯されて
亡びゆく人間の最期を
しっかり見とどけるがいい

いまは隠喩の世紀末だ
もの悲しい病菌を防ぐための薄いゴム袋さえ
けっして言葉をにごして伝達するな

死の谷

この土地では
ほとんど雨が降らない
日焼けして生きる人間の頭上で
雲のない大きな空がかぶさる

この土地では
ピラミッドが死の象徴だ
オシリスが支配した遙かな古代から
人間の埋葬の仕方を教える

この土地では
人間は電力を蓄えて生きる
ゆうゆうと流れる大河を堰止めて
ゆたかな電流に変える

この大地では
月ごとに顔を変える星座が

純太陽暦にならって移動し
人間は広大な天体を観測する

ヌビア白昼夢

〽アヤナーリ
アヤナーリ　アヤナーリ
アヤナーリ　アヤナーリ

耳なれない唄声が
しだいに大きくなって近づく
後ろを振りかえると
まぶしい太陽の光線を背にして
ちぢれ毛の肌黒い青年が二人
舳先にワニの首をかたどったボートから
二十人乗りの大きな帆掛け船へ
身軽に乗り移ってきた

〽アヤナーリ　アヤナーリ
テレテレタンバ　アレーレー
アヤナーリ　アヤナーリ　アヤナーリ
テレテレタンバ　アレーレー

二人は裸足のまま
飛んだり跳ねたりする
ひとりは左手に扁平なドラムを持って
右手の指でラクダの皮をたたく
もう一人は白いガラベーラを
川風にひらめかせて
歌いながら踊りだした

〽テレテレタンバ　アレーレー
テレテレタンバ　アレーレー

その早いテンポと拍手に誘われ
福島からきた中年の小柄な農婦が
船べりの座席から立ちあがり

会津磐梯山を踊るかっこうして
手ぶり身ぶりをあわす

〽アヤナーリ　アヤナーリ
ジャパニズ　テレテレタンバ
アレーレー　アレーレー

ヌビア族の青年は
黒い口ひげの下から
真っ白な歯並びを見せる
左右に揺れる大型の帆掛け船のなかで
愛嬌たっぷり歌い踊りながら
ビーズの首飾りと彫り物を
浮かれた乗客に差し出す

〽アレーレー　アレーレー
テレテレタンバ　テレタンバ
アレーレー　アレーレー
テレテレタンバ　テレタンバ

ナイルのゆるやかな流れが
細長いエレファンチィネ島近く
岸寄りの岩場で急になるころ
川風に吹かれるぼくたちの帆船は
灼熱の太陽の直射を受けて
ホテル・ブルマン・カタラクトの紅い姿を
小高い丘の中腹に望み
向こう岸のアガ・ハーン廟の方角へ
ゆっくり曲がってゆく

〽テレテレタンバ　テレテレタンバ
アヤナーリ　アヤナーリ
ジャパニズ　テレテレタンバ
アレーレー　アレーレー　アレーレー

くりかえしの唄声が
しだいに遠のいていった
後ろを振りむくと

陽気なヌビア族の青年たちは
ぼくたちのフェルーカーから
ワニの尻っ尾をかたどったボートの後ろへ
すばやく乗り移っている

昼下がりの逆光をいっぱい浴びて
かれらは黒褐色の腕を振りながら
アスワン・ハイダムの方角へ
白い波を蹴立て
ワニ形のボートといっしょに
ミイラのように小さくなってゆく

〽アヤナーリ　アヤナーリ
アヤナーリ　アヤナーリ　アヤナーリ
アヤナーリ

ネクロポリス

生者たちの住む東岸を離れる
がら空きの小型フェリーの椅子に座って
ゆるくたゆたうナイルの流れを横切り
死者たちの眠る西岸に着く

ここには物乞いの女はいない
うるさく付きまとう物売りの男もいない
さびれた田舎道のそばで
数珠を手にした年寄りの男女が祈っている

どこからか　なまぬるい風が吹く
引っ込み線の曲がった線路の上を
古くさい貨物列車がゆっくり走ってゆく
サトウキビのしゃれこうべを山積みにして

途中　崩れかけた石の巨像が二つ
朝のまぶしい日のかがやきを浴びて

もはや　うめく声も　鳴く声も聞かれず
不格好にかろうじて突っ立っている

ほどなくクルナ村に来る
ほとんど草木が生えていない山肌には
死者たちを葬った穴が掘られて
茶褐色の荒れた谷がうねっていた

ある晴れた日に

「全古代にとってたまこがねが世に生まれ出るのは、その姿が認められるようになった日からであって、それ以前ではなかった。これ以前にはまだ蛆虫で、これと成虫との関係はまだ少しも知られてはいなかったから。」
（ファーブル『昆虫記』）

およそ六千年前の　ある晴れた日に
ひとりの農夫が小麦畑を歩いているとき
楕円型の黒い虫がロバの糞をこねて
わが身よりも大きな団子をつくり
うろうろしている姿を眺めた

そのフンコロガシは
照りつける太陽のかたちの
丸いかぶと頭巾に　放射状の歯型をして
同類たちとぶつかって勾配を登り
光線をまともに浴びてはしゃいでいた

紀元後四世紀の　ある晴れた日に
ひとりの文法学者は　その糞虫が
頭を下に　後肢を上にして球を転がし
シシフォスのように後へもどされながら
おなじ仕事をくりかえすさまを記した

その聖なるタマオシコガネは
転がしてきた団子を土の中に埋めると
月がひと回りするまで身をひそめる

二十六日目には固い殻を中から破って
ふたたび自分の姿をあらわす

十九世紀後期の　ある晴れた日に
ひとりの博物学者は首をかしげた
はたして　転がる団子は東から西へ動き
そこに一日で回転する世界があるのか
月と太陽が会合する日を知っているのか

そのふしぎな美しい昆虫は
みにくいウジ虫がひと月目に変態して
乾いた梨型の球から孵化してきた
夕立が固い殻を軟らかくすることを
濡れぞうきんをかけて観察した

二十世紀末の　ある晴れた日に
ぼくはアラバスターの聖虫を手にして
死者の復活を信じていた人びとが
創造神の化身とした遙か古代を思いやり

護符の象形文字を解こうとしている

唄ひとつ・スケルツォ

あの熟慮する政治家よりも
きみは自分の言葉をえらんで
他者をそそのかせねばならない
　（ヘイ　ヘイ　ヘイ　ヘイ）

あの慎みぶかい学者よりも
きみは自分の純粋をまもって
論理を組み立てねばならない
　（ヘイ　ヘイ　ヘイ　ヘイ）

あの苦労性の商人よりも
きみは自分の修辞をきたえて
表現をみがかなければならない
　（ヘイ　ヘイ　ヘイ　ヘイ）

あの機敏なジャーナリストよりも
きみは自分の感度を鋭くして
問題を提起しなければならない
　　（ヘイ　ヘイ　ヘイ　ヘイ）

あの老練な予言者よりも
きみは自分の瞑想を深くして
未来を透視しなければならない
　　（ヘイ　ヘイ　ヘイ　ヘイ）

ある記念日

カミナリが夜明けに鳴って
部屋のドアが開きにくかった朝
不吉にうなるエレベーターを降りると
バイクが近くで交通事故をしていた

十二月八日という日は
親愛なるJ・レノンが殺された日
レポートを提出すべき期限なのに
JR西日本がストライキしてしまって
乗車駅で足止めをくらった

しかたなく映画を観て帰った
留守番のじいちゃんと夕食を食べたら
むかし　日本が真珠湾を攻めた日ですって
なにやらぶつぶつ口を動かしていた

渋谷ブルース

おじんは空き腹で歩く
夕暮れ前の渋谷センター街を
ハンバーガー　コーヒー・ショップ　ラーメン屋
ゲームセンター　カラオケ　プリクラショップ
路上にはにぎやかな女子高生があふれ

二月の寒風のなかではしゃいでいる
おじんはきょろきょろと探す
ずっと以前にはいった信州そばの店を
いくつもの携帯電話と擦れちがい
しゃべりあう制服姿の群れに突きあたり
井ノ頭線の駅近くの高層ホテルの下を通り抜け
明滅しはじめた電飾看板に目まいして
人波を犬掻きで泳いでいく

おじんは階段を降りる
二十世紀を六十九年生きてきた足取りで
パルコとファッションビルのあいだを
あきらめかけて引っ越し
やっと見つけた二階建ての細長い店の
地階の隅っこの椅子に腰をおろし
四角いテーブルの前で猫背をつくり
熱燗とざるそばを注文する

おじんは音を立ててそばを掻きこむ
ずるずるずる　ずずずず
しかし隣の席の若い女性たちは
ほとんど音を立てずに
するするすると口に運んでいる
ふいに　おじんはほろ酔い気分が醒めていき
ほとんど音を立てずにすする

（『紅の森』二〇一〇年竹林館刊）

未刊詩集〈異界紀行〉から

愛河

旧市街の岸辺から
遠く　水面に跳びはねる人魚に見えた
雑踏する中正通りの大橋を渡って近づくと
竈が龍になって鱗のしっぽを捲いている

なぜ　愛河なのだろう
ゆるやかな水の流れはうす黒い
まれに小さな輪を描いて気泡を吐く
なかなか姿を見せようとしない魚

およそ十年ぶりに再会したひとから
お守りの黄色翡翠を贈られたあと
その謎の赤い糸が解けないまま
三月終わりのかすむ空の下
どこからか　南国の音楽が聞こえてくる
ぼくは河風に吹かれて新市街をゆく

ハノイ路上

半割れの
タマゴの殻のなかには
孵りかけのアヒルの雛が
産毛に包まれてグロテスクにゆでられていた
手もとの塩コショウをふりかけて
水っぽいビアホイのつまみにすると
つるりと喉をとおっていく

まだ青を残す夕暮れ
路上に並べられた片隅のテーブルで
ホビロンの嬲りかけを片手に肘をつき
酔いのまわってくるのを待って

いちにちの疲れをいやす

ペトラ馬上

小雨がしびしび降りかかる
ぼくは痩せたロバの背にまたがって
登り坂の岩の階段を進んでいく

右に岩の壁が迫り
左に深い崖が切り立って
ロバに付きそうヒゲのアラビア人が
はち切れそうな破れ靴をはいて
ムチを入れ　掛け声でけしかける

ぼくはロバの背のボロ切れの上で揺さぶられ
首にかけられた荒縄にしがみつく
あえぐロバは左右上下に体を振り
ぼくはあわや落ちそうになって

岩を削ってくり抜いた神殿も　墓も
なにもゆっくり見る気がしない

小雨がしびしび降りかかる
ぼくは滑り落ちないように
痩せたロバの背から下りると
ヒゲのアラビア人の後ろについて
岩の細い坂道を歩いていった

ファルージャ逸話

アンマンから陸路で
バグダッドへはいる一時間前
とあるドライブインの
うす暗いスタンドで休憩した
ドライバーといっしょに
アラビアコーヒを飲んでいると
隣りから　だしぬけに

迷彩服を着た一人の兵士が
顔を近づけて英語で話しかけてきた
——日本の女《ウーマン》を紹介しろ
俺がイラクの女《ウーマン》を紹介してやるぞ……
ひげ面をほころばせて
いたずらっぽく笑っている

兵士は三十四歳だと言い
カラテをやっているかと尋ね
自分が運転している日本車を褒めた
それからすぐに
節くれ立った大きな手で握手をもとめ
暗闇の奥に消えていった
そのあとにドライブインの電光が
ファルージャという道路標識を
ぼんやり浮びあがらせている

深夜のバグダッド

真夜中に目覚めて
ホテルの三階の部屋の
小さなベランダにたたずむと
ナツメヤシの並木が目の先に立っていて
冷たい川風が首筋をなでていく

チグリス川が白い水面を光らせて
うす闇のなかをゆるやかに流れ
対岸の街は銀とオレンジの灯をともして
不気味に寝静まっている

とうとう　ぼくは
こんなに遠い場所に来てしまった
湾岸戦争のときは
ここは日本人が閉じこめられた部屋だ

そう遠くないところから

断続的になにかの爆音が聞こえてくる
ぼくは冷えたベッドにもどって
ぼんやり古びた天井を眺めている

バビロンのライオン

荒れはてた砂色の広場に
ぽつねんとライオンは突っ立っていた
一メートルほどの台座の上で
顔の下半分が砕かれて　鼻も口もない
それでも手負いのまま
逆向けに倒した一人の兵士を
四肢で踏んづけている

なぜ　こんな場所に
置き去りにされているのだろう
玄武岩に彫られたライオンには
弾痕がいくつか残っている

いつの時代のものか　たしかな証拠もない
空中庭園の跡形もなく
広漠とした廃墟のはるかむこう
ナツメヤシの緑の林が
長く伸びている

マラケシュの少年

二重まぶたの澄んだ目は
ロバのまろやかな瞳をして
素足のまま　じっと物を見つめている
口もとにかすかな笑みをたたえて

ときには眼差しがけわしくなる
自動ビデオのレンズよりもたしかに
見かけない大人の姿を追って
焦点を絞りこんでゆく

ふいに　市場の人混みを掻きわけ
メディナの細道を走り抜けてゆくと
行方不明の異邦人を探して帰ってくる
かくれんぼをしてきた身振りで

移動風景

ワルザザートへの道

四月の真っ青な空が背景だ
白い縦縞のアトラスの頂がそびえている
いく重にも曲がるティシカ峠の登り
ロバの背にまたがった農夫とすれ違う

放牧された羊と山羊の群れが
サボテンと夾竹桃の列にそいながら
道ばたを足早に走ってゆく
山の中腹のポピー畑から
黒いちぢれ毛の少年が手を振っている

生い茂ったオリーブ畑の木陰で
白黒まだらの乳牛たちは午睡中だ

疾走しつづける長距離バスの窓のむこう
目も覚めそうなナツメヤシの緑の林がつづき
紅い干しレンガの集落が近づいてくる

カスバの眺め

ベンハードゥで

取り残された廃墟のふもとには
ナツメヤシの緑が散らばり
その横を浅瀬が帯状に薄く流れていた
崩れ落ちた城塞の坂道を
こむら返りをこらえて登ってゆき
頂上の岩場に腰を下ろす

はるか　遠く

サングラスを透かして見えるのは
茶褐色に荒れはてた砂丘の
ぎこちない波のうねり
そうだ　十九世紀の終わり
早熟の天才詩人が曲馬団にまぎれ
武器の交易にたずさわったのは
このずっと東の　エジプトの
その向こうのどのあたりだったのだろう

灼熱の日光を浴びて
隣に突っ立っていたガイドの痩せ男は
無言でぼくの腕時計を指差す
タンジールからきた元空軍のかれは
ひさしの長い帽子をかぶり直すと
飛ぶかっこうで両手をひろげ
まだ夢想からさめないぼくを尻目に
足早に下り坂を降りてゆく

バラの村

エル・カーラ・マグーナ

黒い頭布と衣の　肥った女が
バラの大きな花束を頭の上に載せて
小高い砂丘からこちらへ近づいてくる
まぶしい日光をまともに浴びて

途中　雷が落ちる音がした
ぼくの目の前で　石英の結晶がはじけ
白い花びらがいく重にも飛び散る
足もとから舞いあがる砂にまみれて

村はずれの　四角い一軒家では
いっせいに咲いた石の花が棚に並んでいる
あの肥った女の差しだす小瓶を開けると
砂漠のバラの水がかすかに匂ってきた

夜明けのサハラ

エルフードの宿舎から
五人乗りのランドローバーに乗って
砂漠の日の出を見に行く
白いターバンに褐色のシュラバの男が
ほとんど無言でハンドルを操り
その後ろ座席で乱暴に揺すぶられながら
ぼくは眠気を覚ます

暗がりのなかを一時間あまり
道のない砂上を突っ走って
メルズーカーの砂丘が見えてきた
未明の肌寒い風に吹きつけられ
紺のジャンパーの襟を立てる
スニーカーに入る砂粒を振りはらい
足をとられて　滑り落ちたりして
風紋の残る砂丘を登り降りしてゆく

ようやく　遠くの空が白む
いく重にも波打つ砂丘がひろがり
はるか　地のはてまでつづく
真綿のようにうすく伸びた雲が
琥珀のかがやきを濃くして
あかねの垂れ幕に変わってゆくとき
にわかに朝の光線が差しはじめ
まばゆいばかりの真っ赤なバラの花が
砂漠の上に開く

振りかえると
人なつっこいベルベルの少年が
アンモナイトの化石を板の上に並べ
カモシカのように素早く駆け寄ってくる
太陽に背を向けたぼくは
深い砂のなかに片足を突っ込んだまま
膝がしらの内がわの痛みに耐え
さりげなく　かれに笑顔を返す

ボルビリスのオルフェウス

小高い丘の上の遺跡で
ぼくの影法師のオルフェウスは
色褪せたモザイクの壁にもたれて
手もとの竪琴をそろりとかき鳴らす
遠いローマの昔を物語るために

からし菜の黄色い花の群れが風に揺れ
麦畑や果樹園がひろがる平野
とつぜん　カラカラ帝の凱旋門が見える
神殿　公会堂　円形の広場につづき
大衆浴場　娼婦の館が姿を現す

竪琴の音がふいに高まり　早くなると
コリント式の細長い柱の先で
巣づくりのコウノトリが大きく羽ばたく
モザイクの床に刻まれた動物や植物までが
まぶしい青空の下で踊り　歌う

羊の群れがゆっくりと牧草を食み
野鳥がみどりの糸杉でさえずる丘
ぼくの影法師のオルフェウスは
ベルベル人がコーランを唱える調子で
遠いローマの昔を口づさむ

＊ボルビリスはＡＤ40年ごろ、ローマ帝国が当時のモリタニア王国を統治した時代の首都。モロッコ最大のローマ遺跡で、「オルフェウスの館」などが修復されて、現存する。

カサブランカ無頼

ちぇっ！　ドジを踏んだな。せっかく良いカモとガンをつけて狙ったのに、こんなガセブツをつかむなんて。砂まみれの石英の結晶なんか、ちっとも珍しくもねぇ。金にもならねぇ。砂漠に雷が落ちて、なにがバラの花が咲くもんか。俺の欲しかったのは、内ポケットの財布だけなのさ。そいつを掏りとって、二人連れの度胆をいっしょに引っさらってやることだったのに。

夜のマハメッド五世広場が、俺の盗りの島だよ。ハイアット・リージェンシーの酒場から夢見心地で帰ってくる日本人の二人連れにホシをつける。『時の過ぎゆくまま』（As time goes by）の映画に出てくるリックス・カフェ・アメリカンを再現した「バー・カサブランカ」のムードにいかれて、ハンフリー・ボガードとイングリッド・バーグマン気取りで歩くかれらに、わざと「チャイニーズ？」と英語で声をかける。すると、ほとんどが「ジャパニーズ」と、下手な英語を返してくる。そうなりゃしめたもんだ。あとは筋書きどおり、泊まっているホテルまで送っていこうと話しかけながら、いっしょに歩いてゆくのさ。

交差点を渡ると、まもなく暗がりのビルの前を通りかかる。そのとき、いきなり男の片足の土踏まずのあたりを蹴りあげる。あっけにとられているトウシロウを尻目に、左手を足先にもっていって注意を引き、やっこさんたちが下向いた隙に、スーツの内ポケットに右手を突っ込んで、財布をすばやく抜き取ってやるんだな。いやはや、あの映画のセリフじゃないが、「昨日何してたの」と聞かれりゃ、「そんな昔のことは忘れたよ」と言いかえし、「明日何するの」と問われりゃ、「そんな先のことはわからない」と答えたいところだよ。あの酒場のピアノの音とカクテルでホロ酔いの日本人たちを、いままでこの手口でずいぶんカモってきたもんだ。

情けねぇ！　今夜はカラを踏んだ。内ポケットに片手を突っ込んだまではよかったが、連れのスケがめざとくそれを見つけて、この俺の手の甲をツメりやがったんだ。痛いのなんのって、いまでもここがミミズ張れになってらぁ。そのとき、やばいと見た俺は、とっさにそこからズラかったんだが、転んでもただでは起きねぇ。騒ぎかけたスケの手さげバッグをひったくってきたのさ。ひと息ついて、その中身を取り出して見たら、金目のものはナシのたね。使いさしの化粧道具と、なんのまじないか、砂漠のバラの石英が入っていた。骨折り損のくたびれもうけだ。縁起でもねぇ。もう一度、やり直しだ。"Play it again, Sam."

（『有馬敲全詩集 下、全二巻』二〇一〇年沖積舎刊）

エッセイ・評論

何処へ

いまの浄土寺界隈に移り住んでから、ことしの夏でちょうど十年になる。ここに引っ越したのが、つい、このあいだのような気がするのに、もうそんなに月日がたってしまったのか、とちょっと後ろをふり返り、くちなしの白い花が咲きこぼれる馬場町児童公園の広場を通りすぎる。このあたりは自動車の往来も少なく観光客もほとんどやってこない。まして朝は静かである。普段着がわりのトレーニングウェアに、かかとの擦りへった運動靴をはいて、歩きなれた露路を抜けると、真如堂への坂道を北から登ってゆく。

もともとわたしは霧の深い亀岡の小さな農村に生まれて育ち、結婚したときに亀山城跡に近い家に変わって、それから十五年ばかり住んだ。この期間は一ヵ所に長く定住しているやりきれなさみたいなものを味わったが、こんどはそれがなかった。歳をかさねるにつれて、一年が早くたつのだろうか。どうやらそれのみではなさそうである。この十年間には銀行員から足を洗って職を変え、よその土地へ出かける機会が多かったこともある。ごく短期間ではあったが、海外へ渡ったりもした。また途中で一年あまり、四国の松山でひとり暮らしをしてきたから、ずっと一ヵ所に安住してきたわけではない。むしろ自炊もしなければならなかった松山でのにわかやもめ暮らしのほうを長く感じたりする。数年前までは銀行の堅固な管理社会のなかに縛られていたという記憶が強く、かりに遠くへ出張していてもすぐに引きもどされる窮屈さを経験した。そのせいか、放浪とか漂泊という言葉は、ある特定のひとにしか通用しないとうらやましがったものである。

さて真如堂の本堂をひと回りして、境内の石だたみを歩き、正門をくぐり抜けて、宗忠神社の石段を登ってゆくと、この道がすっかり自分のきまった散歩道になってしまったなと思う。あれはいつだったか、大阪に住むある高名な詩人が、漂泊者の心情でとらえられた自然になじめず、一ヵ所に定住をよぎなくされている庶民の姿に関心がある、という意味のことを主張していたが、リアリズムの大家であるその詩人の言葉はよくわかるような気がする。一定の土地に住みついて、そこの風土や因習に縛られながら耐えている生活は、ながく亀岡に住んで銀行員だったころに体験したことだし、また、よその土地に出かけたときに、かえって、いやというほど思い知らされた。とくに日焼けした老人がぽつりぽつりと方言で話す姿に出くわしたりすると、そのときは反対にこちらが漂泊者になっていることに気づく。

しかし、ここで考えなおしてみると、現代では定住者とか漂泊者といったかたちで、人間をかんたんに区分できるものだろうか。この吉田山付近には京都大学をはじめ多くの大学生が下宿しているが、かれらはそのいずれでもなさそうである。ある一定期間、故郷の家を離れて勉学のために生活している若者たちである。さらに農山村からの出かせぎ労働者や、転勤のために単身赴任するサラリーマンなど、現代社会では定住者でも漂泊者でもない、一定期間よぎなく他郷で生活せざるをえない人たちが増大しつつある、と考えられる。それに定住者というと、そこには中高年をむかえた生活者が安住の土地、終《つい》の住みかを求める姿を想い浮かべ、逆に漂泊者というと、生活から遊離した人間が淡い夢やロマンにあこがれて気ままな旅をするポーズに聞こえたりする。ところが定住者にも漂泊者にも属さない生活者は、じっさい受験地獄や就職戦争を生き抜こうとする若者であったり、職を求めて都会にやってきた出かせぎの中年であったり、家族を守るために家族から離れてきた単身赴任の年配者であったりするのである。こうした視界から変容する現代の深奥を洞察することが必要であろう。

いつのまにかわたしは吉田元宮、吉田神社に立ち寄り、北参道を横切って、雑木林のなかをくぐり抜けている。いまの家に移ってまもなく見つけた自分の小径を楽しんできたのだが、にもかかわらず、いまだにこの土地に安住することができず、と言って家族を捨てて放浪もできない、中途半端な自分をもてあましているらしい。神楽岡に近い尾根の一角に立って、木立越しに眼下の市街を見下すと、賀茂川が光り、母校同志社の赤レンガや御所のみどりの森が見え、建てかけの白いビルがそびえている。そしてこの吉田山は季節ごとに彩りをかえているが、古都もわずかずつ、その姿をかえて行くのだろうか。

山を降りるころには背中に汗がびっしょりにじみ出ている。真正面に如意ヶ岳の「大」の字がいつものように見えてきたが、ふと、この風景とのつきあいもそう長くないな、と思う。もうそろそろいまのかり住まいを移りたい気になりかけているからである。

何処へ。それは、まだ、わからない。とにかく家に着いたら、身体の汗をシャワーで流すことにしよう。

（「京都新聞」一九八三年七月十七日）

「ほんやら洞」まで

夜の八時半すぎ、食事をすませて家を出る。

銀閣寺道のバス停まで歩いて三、四分。しかし、バスには乗らず、今出川通りの南側を西に向かって歩く。

学生街なので若者たちが多い。しばらくして、古いレンガ塀が取り残された五階建のマンションがある。ここは以前は病院で、敗戦直後「新風」という活版刷りの雑誌が全国でもいちはやく発行されたところ。そのころ北白川下池田町にいた森下陶工などが編集をしていた。いまはこの建物の三階に、若い友人藤村直樹君がいる。かれとは関西フォークソング運動がはじまったころ、「フォーク・キャンパーズ」というグループで知ったが、二年まえにここへ移ってきたのである。

やがて吉田神社の北参道の前を過ぎる。この近くに、戦後の一時期、「文学地帯社」という結社があって、いまの邦光史郎や大森忠行など、当時の文学青年たちが集まっていた。昭和二十五年ごろ、森下陶工の家に遊びにいったとき、友人が使者としてそこから詩集をもらってきた記憶がある。

　そして石だだみの路。若葉を茂らせたスズカケの並木。京大学舎が通りの両側を挟む。向かいに白川書院の看板が見えてくる。敗戦の翌年から、臼井喜之介が詩誌「詩風土」をつづけた場所である。臼井喜之介は、わたしがいまの浄土寺に引っ越してきた四十八年の翌年に亡くなり、白川書院は息子の浩義君が引き継いだが、さいきん倒産して、街の話題になっている。

　京大北門前に近づく。『京大詩集』が十一月の文化祭記念として出たのは昭和三十年、それから三十四年までつづいて、三十八年に六号を出したが、あのときは清水哲男、山村信男などが参加していたなあ。

　百万辺に出る。南は西部講堂、日仏学館。同志社の学生のころ、日仏学館でJ・P・オーシュコルヌ教授からサンボリストの作品をテキストにしてフランス語をならった。その教授と、まもなく、街でときどき話すようになったのは、大森忠行、天野美津子、大槻鉄男などがよった詩誌「新世代詩人」に参加し、「前衛作家集団」の展覧会をひらいたときからである。四、五年前、ジャック・プレヴェールへ手紙を出すために、ここから北にあたる松ヶ崎の教授宅を訪れたことがあったが、そのプレヴェールは一昨年他界した。また、教授は七十歳を越えて、この月末には故郷のフランスへ帰るとか。そういえば、高野にいた天野美津子はすでにこの世を去り、上高野にいた大槻鉄男もことしの一月半ば、急死してしまった。

　百万辺をちょっと上がったところに、十年ほど前に詩誌「回廊」を出していた安藤郁也が、「Mick」というスナックをやっている。店の名はアメリカ小説に出てくる主人公の少女の名を借りたらしい。時間があれば帰りがけに道草することにして、まっすぐ関田町の方へ。ここのアパートには、以前、野村修がいた。三十七年ごろ、詩誌「ノッポとチビ」の創刊同人の一人、清水哲男が訳詩を頼みにいったら、少女のような野村夫人が出てきたそうな。

　加茂大橋をわたる。川風に吹かれて、川下にある荒神口のバプテスト教会でフォーク・コンサートや詩朗読会をやったころ、さらに三条河原で「橋の下大学」が開かれたころを思いだす。そして出町へ。向こうに御所、同志社。その手前の寺町に「ほんやら洞」がある。あそこが出来てから今年でもう八年になる。片桐ユズルや中山容が京都へ移ってきて、とくにこの場所で会う機会が多くなった。さらにアメリカからはケネス・レクスロスはじめ、多くの詩人たちが出入りし、朗読会もあいついで開かれるようになった。

今夜は、近く晶文社から出る予定の共著『ほんやら洞の詩人たち』の初校を届ける。入口の板に紙袋をピンで張りつけておけば、片桐ユズルが持って帰るはずである。

家を出てから三十分もかかっていない。

（「詩学」一九七九年八月号）

ゲーリー・スナイダーとの出会い

一九六八・十・二十七（日）

神戸へ出かけた。

片桐ユズルからの案内で、「蜘蛛」グループ主催による「今日の詩祭」に顔を出す。

兵庫県民会館十一階、特別会議室。

アメリカの詩人、ゲーリー・スナイダーや神戸の詩人たちなど、百人ぐらい集まる。

スピーチ、詩の朗読。道化座の「大海原」という芝居。ラジオドラマの録音構成。フォークソング。

詩の朗読は全般的にかたくるしかったが、秋山基夫のアドリブをいれた朗読がおもしろかった。片桐は自作「風」を、ギターをもってうたう。ゲーリー・スナイダーは二つの詩をよんだ。英語なのでよくわかったとはいえないが、ヒゲもじゃの顔から原始的なものを訴えようとしている声に、強い衝撃をうけた。昨年だったか、かれの話は、「思想の科学」でよんだことがあった。

フォークソングは、(西尾)志真子が生き生きと、「たいそう」をうたう。わたしのわらべうた集のなかからメロディーをつけたもの。さらにかの女は「ぼくのしるし」をうたいだしたので、わたしも一緒にうたう。八月、大山崎の宝寺でキャンプがあったとき、志真子と森国純恵に、この歌をうたおうと誘われたが、そのときは自信がなくて尻ごみした。つぎの機会にということでげんまんしていたのでこれでやっと約束をはたした。神戸まで出かけてきたかいがあったとおもう。

…………

*

いま、——七四年十一月下旬、わたしは、まったく非文学的な労働の渦に巻きこまれていて、あまり時間の余裕をもっていない。部屋のなかには、数冊の書物と、一冊のノートがある。ノートといっても、日記のようなかたちで記された覚え書きである。いや、日記ではなく、ほとんど一週間に一度ぐらいしかまとめてノートしていない。しかもその一週間が抜けるときもある。とにかく、なにか書きとめることがあったとき、ルーズリーフに書くことにしている。

これはずっと以前、——学生時代に、椎名麟三が同志社にやってきたとき、会っておそわったものである。「つねにノートをつける習慣をもつこと、書物は読まなくてもノートをつけるだけでいい」という意味のことを、かれは話した。できるものなら日記のように、毎日、ノートをつづけたいが、なまけもののわたしには、それは長つづきしそうにない。そこで一週間に最低一回はつけることにして、どうにか今日まで来ている。

このノートを開けると、ある程度、わたしの考えてきたことや過去の行動があきらかになる。冒頭の一文は、いまから六年前、神戸へ出かけた日の模様が走り書きふうに記されている。ちょうどそのころは、関西フォークソング運動の最盛期にあったので、どちらかというと、そちらに興味をもった記録になっていて、ゲーリー・スナイダーとの出会いは、「強い衝撃」というだけで、あまり具体的には述べていない。

しかし、かれとの出会いは、その後、わたしの胸のなかでしだいにその重みを増してきた。それは、衝撃が強かったために、そのときはさほど感じなかったものが、あとでその痛みを増してきたにちがいなかった。あるいは、一目会った女性に対して、別れたのちにものすごい恋心をつのらせる感情と酷似している。

すこしおおげさな言いかたをすると、ゲーリー・スナイダーとの出会いがなければ、おそらく、わたしは、いまのようなかたちで詩を生むことも、自作を朗読する勇気もなかったであろう。その日のかれとの出会いは、わたしにとって決定的であった。

あるところで、わたしは、かれとの出会いをつぎのように語っている。

神戸でゲーリー・スナイダーの詩朗読に出くわしたことがあります。そのとき、かれはたしか二つの詩をよみました。一つは書物をもってよみ、もう一つは手ぶらでそらんじたものでした。書物をもったときは、ときどき、空を——いや、ホールの天井を見上げるように、おもむろにやりましたし、手ぶら朗読は、意味こそはっきりわかりませんでしたが、念仏をとなえるようなよみかたでした。ふつう、詩の朗読となると、詩集や原稿をもった場合は無意識にそれに引きつけられて文字の棒よみになりがちですし、手ぶらの場合は行きづまったり、空疎なおしゃべりにおわってしまうものですが、ゲーリー・スナイダーは、まるで呪文をかけるような見事なやりかたでした。

（「体験的詩朗読論」より）

＊

いままで、わたしが興味をもった、あるいは影響をうけたひとは、ほとんどそのまえに伝説があり、なんらかの解説があり、だれかの書かれたものによって知った存在であった。たとえば、萩原朔太郎、金子光晴、花田清輝、ドストエフスキー、ジャック・プレヴェールなどは、作品とともに伝説や解説を手がかりにして近づいていったひとたちであり、ふいに飛びこんできたひとではなかった。

しかし、ゲーリー・スナイダーはちがう。すくなくともわたしにとっては、ほとんどなんの準備も用意もなしに、ぶつかった詩人である。なるほど、そのまえに、かれについてはすでにいくつかの紹介が出ていて、目にふれたことがある、とすこしだけおもいだしたが、そのころのわたしは、べつのところに関心をもっていたため、むしろ、偶然、ぶっつかったといったほうが正確である。

たしかに、かれの詩は片桐ユズル訳編『ビート詩集』（六二年刊）で二つ三つ読んでいたかもしれない。しかし、そのときはまったく頭になかった。また、雑誌「思想の科学」（六七年十月号）で、鶴見俊輔氏などがかれにインタビューしたものを走り読みしたおぼえがあり、詩誌「ポエトリー」十九号（六七年秋）でも、かれの話の訳文をみたような気がする。しかし、そのときの印象は、アメリカのビート詩人の一人が、いま、日本に来ているのだな、という程度にすぎなかった。たぶん、文字にされたものからは、それぐらいの感じしかあたえなかったのであろう。その印象がほとんど薄れかかったところへ、とつぜん、かれのなまの声と姿に出くわしたわけである。

スナイダーが最初に日本へ来たのは、一九五六年五月で京都の相国寺の林光院で禅を修行したりして、仏教へ強い関心をしめしている。わたしがはじめてかれの謦咳に接したのは、二度目に日本へ来たときであり、それからしばらくしてアメリカへ帰った（謦咳などというのは、大時代じみているので躊躇せざるをえないが、じっさいにかれの姿や声に接したのだから、そういう以外に適当な文字が見つからない。許されよ）。

かれはリード大学を卒業し、インディアナ大学で言語学、カリフォルニア大学で中国語をまなんだ。人類学の研究から、アメリカ・インディアンの研究に進んだが、木こりをしたり、森の見張り番をしたり、石油船の船員などをして生活し、『積石』（五九年）、『神話と本文』（六〇年）、『うらの国』（六八年）などの詩集を出し、評論集『大地の家を保つには』（六九年）を出している。

スナイダーは、父が木こりだったから、子どものころから野でくらし、野ばなしの馬や牛を相手に育ったと語っているが、一面では大学院で研究生活をおくった勉強家であり、さらに日本に十年ちかく放浪生活をした旅行家でもある。そのかれが、詩はまず原始社会においてどういうものであったか、フィード・バックして考えなおされるべきであるとして、声とか呼吸とか肉体的労働のリズムの重要性を説いている。

ところで、その後、一九七一年九月はじめのある日、わたしは、鶴見俊輔氏から一冊の本を郵送された。『北米体験再考』(岩波新書)である。これもわたしにとっては不意打ちに属する出来事であった。

一九七一・九・五(日)

……

もう一度、自己の生活をみつめ、自分の考えをまとめる必要がないか。昨日、鶴見俊輔氏から『北米体験再考』を贈ってもらった。その夜、九時ごろから十二時すぎまで読む。(鶴見氏が)留学生時代、アナーキストと決めつけられて、留置所へブチこまれて、洋式便所にフタをして論文を書いたという個所にはギョッとした。

戦後、ミカン箱を机にして食事をしたり、字を書いたりして生きていた詩人の話をきいたことがあるが、鶴見氏の話はそれよりすごい。金持ちの坊っちゃんとしてアメリカ留学とはありがたいという見方もできるが、「日米」が衝突する険悪なところだっただけに、その渦のなかに巻きこまれた断面がうかがわれる(この話は「序章」にある)。

一章マシースン、二章スナイダー、三章フェザーストーンとクリーヴァ、終章は岩国となっているが、二章から読みはじめた。

……

*

どうやら、もうそのころには、わたしはゲーリー・スナイダーそのものに、ぞっこん、ほれこんでいたらしい。鶴見俊輔氏は、その章の前半を、アメリカ・インディアンについて考察し、後半にスナイダーに焦点をしぼる方法をとっていた。したがって、かんじんのスナイダーがなかなか出て来ないため、ハラハラしなければならなかったが、それはアメリカ・インディアンの世界を背景にして、スナイダー自身に迫ろうとしたものであるとわかったとき、その見事さに脱帽させられた。

くりかえすまでもなく、スナイダーに対するわたしの知識は、きわめて断片的であり、恣意的であり、貧しいものである。片桐ユズルや中山容が訳した作品やエッセイ、そして二人から聞いた話をつなぎあわせたぐらいのものであった。そういうとき、鶴見氏の一文はわたしの認識をさらに深くさせた。

わたしは、ゲーリー・スナイダーをより感知することによって、自分が口丹波の農村の三男坊として生まれ、そこで育ってきた泥くささを恥ずかしがるまいとさえ、おもうようになった。四十年ちかく、山に囲まれた亀岡という小さな盆地に住んでいたことは、逆に、幸せだったと考えるべきかもしれない。ときにはその土俗的な臭気に自己嫌悪をもよおして、モダニズムの尾骶骨をのこす詩人たちの作品にひかれてきたりしたが、——しかし、現代の頽廃的な文明のなかでは、むしろ土俗のなかに、——たとえば口づたえのうたやことばのなかに、多くの見出すべきものがあるのではなかろうか。太平洋戦争中、田舎の小・中学校に通いながら、百姓や仲仕の手つだいや、土方をやり、卑猥なうたや替歌をうたったりした体験が、いまでは貴重なものとして残ってくるだろう。

積石　ゲーリー・スナイダー

これらのコトバを置け
きみの精神のまえに岩のように。
　隙間なく、両手で
場所をえらんで、置け
精神と肉体のまえに
　空間と時間のなかに。
樹皮、葉、壁の固体性は
　物質の積石だ。
天の川のゴロ石、
　さまよう惑星、
これらの詩、ひとびと、
　まよったコウマが
クラをひきずっている——
　岩の踏みかためた小道。

世界ははてしない
　四次元の
碁のあそび。
　アリと小石は
うすいローム層のなか、どの岩もひとつのコトバ
　クリークであらわれた石
花崗岩、しみこんだ
　火と重みの苦痛
水晶と沈殿物が熱く組みあって
　すべて変化する、思念にあっても、
物質と同様に。
（高橋雄四郎訳）

いままで、わたしが書きことばで感化をうけた詩人のものは、農村に背を向けた都会派の作品がおおかたであった。電車の架線がスパークする仄光から、病的なイメージを展開させたり、西洋への放浪から耽美の世界に沈潜したりするたぐいのものである。それらは、わたしの二十代の作品にかなりの影響をあたえたものであったが、わたしは、もういちど原初の世界へ立ちもどるべきであると考えている。

じっさい、ゲーリー・スナイダーとの出会いによって、わたしが強く反省させられていることは、書きことばの詩から影響されたものはホンモノであったか、ということである。ひょっとすると、それはニセモノではなかったか。たとえ、人目にひきつけるものがあるとしても、それはメッキの輝きでしかなかったのではないか。そういった自己批判に迫られるのは、ゲーリー・スナイダーのなまの声がホンヤクで読む味気なさや原語で読むもどかしさを超えて、いまだに、わたしの耳底にのこっているからにほかならない。（一九七四・十一）

（「像」八号、一九七四年一二月初出、『混沌からの声』一九七八年、白川書院刊）

糺の森付近

早春。

朝の六時ごろ、あたりはまだ薄暗い。足もとに気をつけながら、自動車の往来するコンクリートの橋のたもとから、サザンカの生け垣が接する狭い隙間を、横になって通り抜け、堤の石段を十数段降りると、高野川岸の細い道に出る。

この道を散歩道と呼ぶのはありきたりだ。防寒コートにスニーカー、大きく手をふりながら川上にむかい、わざと歩調をとるように地面を踏みしめていく。すると驚いたサギ科の水鳥が二羽、白い長い翼をひろげて、対岸へ飛び立つ。むこう岸まで三、四十メートルほど。堤に落葉したサクラ並木がつづき、その前の舗装道路を私鉄路線バスが走っていく。

さきほどの橋のたもとの家は、かつて、老いたシナリオ作家が暮らしていた。あの人は詩も書いた。ここを詩の小径と名づけようか。いや、それはふさわしくない。枯れ草のあちこちには、空かんやビニール袋がころがったり、犬のフンが落ちたりして、生臭すぎる。

そう思いながら、両手を前へ突きだす。そして後ろへふりまわし、背中で右手と左手をつなごうとするが、猫背の老いぼれにできるはずがない。そのうちに、以前、左がわに小型のパラボラ・アンテナが付けられていた家の近くにきた。たしかここに、国際政治学者が住んでいて、古い家を改築したときに取りつけたはずだ。さまざまな情報を探索するために衛星放送を受信していたのだろう。その人は二、三年前に亡くなり、いつのまにかアンテナも取りはずされた。この道を探索の道と呼ぼうか。いや、しかし……。

ほどなく、堰の水が二段に流れ落ちる場所にきた。立ち止まって、深呼吸。首すじを逆の手で、かわるがわる揉みほぐし、四股を踏む。流れ落ちる水音を聞きながら体操をはじめると、こころまで洗われていく。

右に見える東山の空が、ほんのり赤らみはじめた。あかつき。雨の日は雨着に傘をさして歩かねばならないが、天気の好い日は、ここで眠気をはらう。そのあと、さらに川岸を歩いていくと、真正面の北山が二重、三重に、ゆるやかな稜線をえがく。しかも、その日によって緑の色がことなる。

堤防の途中には、川まで降りる石段が作られていた。そこから浅瀬の川を飛び石づたいに渡ることもできる。ある暖かい午後、この階段に座って横文字の書物を読んでいるブロンドの、かわいらしい娘を見た。この近くにホームステイしている留学生である。そういえば、この川岸をときどき自転車で走る黒人の青年や、ジョギング姿で駆ける白人女性と出会う。いっそのこと、ここを出会いの路、エンカウンター・ルートとしたら。いや、しかし、これはいささかキザだ。

まもなく、左がわの階段を登り、路地の狭い石だだみを通り抜ける。そして広い舗装道路を横切ると、糺の森が見えてきた。

泉川のせせらぎにかかる小橋を渡った右手には、大きな幹の老木がしめ飾りをつけて立っている。山城原野のおもかげを残すこの森は、下鴨神社への参道が南北に通じているが、この参道を毎朝のように、乗り入れ禁止の自転車を走らせて、タバコをくわえ、犬を連れていくジャンパー姿の中年男がいる。このあいだ、偶然、家の近くで出会ったときは、りゅうとした背広を着て紳士然としていた。

参道から馬場に出て、左に折れると、右がわに身の丈を越えるほどのササが群生している。その茂みの隙間を見つけて分け入り、進んでいくと、小さな空き地がある。まわりに空洞になった老木が三、四本、横倒しになっている。わたしはそこで上半身をそらし、大きな呼吸をくりかえす。まるで冬眠から起きたクマがササをむさぼるかっこうで。そうだ。ここは、だれにも知られたくない、わがけもの道だ。野鳥のさえずりに、白んだ空をふりあおぐ。

いっときして、ササの群れをかき分けて出てくると、「第一蹴の地」と記した石碑が建っている。明治四十三年夏、ラグビーのボールがここではじめて蹴られたことを記念したものだ。この碑の台座で、夕方になると上品そうなご婦人が、二、三人しゃべりながら、飼い犬にブラシをかけている。朝がたでも、「犬の散歩お断り」という立て札をよそに、大事なお犬さまを散歩させている常連を見かける。

やがて、常緑のシイの樹林をとおして、東山から朝日がまぶしくかがやく。落葉したケヤキ、ムク、カケデも新芽をふきだしてきた。その梢のあたりで、「ケーキョ、ケーキョ」とまだ鳴きなれないウグイスの声。しかし姿は見えない。

表通りに出た。ふり向くと、さきほど、「世界文化遺産」と彫られた一枚岩の横で自転車を止めていた若い女性が、うつむきかげんに、参道を鳥居のほうへ急ぎ足で歩いてゆく。なにか願いごとがあるのだろうか。

光線がまばゆい。けもの道を抜けてきた猫背のクマ男は、やっと、人間の顔とこころをたしかめ、狭い穴ぐらの家へかえっていく。

（「産経新聞」一九九九年三月二十三日初出、『現場と芸術』二〇〇三年、未踏社刊）

詩人論・作品論

ノンセンスの効用

片桐ユズル

「ノンセンスに効用なんかあるのかな？　あったらノンセンスじゃないじゃないか」

「たしかにはじめから特定の目的をもってつくったわけではなくても、結果として何かの効用があるという場合は、ノンセンスにかぎらなくても、しばしばあることだ」

「それではノンセンスにはどんな効用がかんがえられるのか？」

「まず第一に、おかしくて笑ってしまう、ということがある」

「笑うということは、それほどいいことなのか？」

「笑うと元気になるね。柳田国男によれば、むかしは敵を笑うことで、味方を元気にして連帯感をたかめるために、笑いを使った」

「なるほど、だから武士にとって笑われるということは、弱い立場に立たされ、負けたことになるから、かなわんわけだ」

「関西フォークソング運動や、オーラル派の自作詩朗読なども、東京の人にいわせると、笑わせてばかりいて、いわば浅薄な印象をあたえるらしい。たしかに東京のばあいとちがうのは、関西のばあいは、たいてい、わらべうたとか、ことばあそびなどがやられるし、今江祥智さんとか、児童文学に関心あるひとたちと重なりあっている。これが関西フォークカルチャーを多世代的なものにしている、ひとつの力なのだろう。子供の世界というところは、おとなも若者も女も男も安心していっしょにいることができるらしい。

　ここでいちばんの力は有馬敲さんだろう。彼の「ぼくのしるし」は、もりくにすみえさんが曲をつけて、関西フォークソング運動のごく初期から、わたしたちの愛唱するところだった。それで、こんど、この原稿をかくために有馬さんのレコード「ぼくのしるし――わらべうた24」（URL―一〇一二）をひっぱり出してみて、あらためて有馬さんの偉大さをみなおした」

「有馬さんの詩には、関西のフォークシンガーたちがあらそって曲をつけた、ということが伝説のようにいわれているけれども、どうも、もうひとつピンとこないのだが……」

「たしかに、さっきのレコードをつくったシンガーの岩井宏さんなどは「有馬さんはぼくらの精神的支柱です」とまでいっているが、その岩井さんがどういう詩に曲をつけたかといえば、童謡ばっかりなのだ」

「それをいいたかったね。有馬さんといえば、やはり、「値上げ」とか「安保」とか風刺的なものがおもしろかった。それをさけて通って、なにが精神的支柱なものか」

「いや、そのころは《ばとこいあ》というあつまりを京都につくって、有馬さんや中山容さんは若いひとたちのめんどうをよく見たから、そういうこともあるだろうし、作品だけからみても、岩井さんたちのうごきは案外あたっていたとおもう。ということは、それから六年たって一九七五年秋、神戸にフォークソングを中心とした《ばとこいあ神戸》というあつまりができたが、そのはじまりのころ、中村哲の「エッチ　スケッチ　カンデンチ」などのことばあそびの人気は、ひとつの触媒的はたらきをした。これは谷川俊太郎の『ことばあそびうた』に触発されたものだったけれど」

「やっぱり、そういう子どもの目をかりてオトナの社会を批判するやり方――ユズルさんがむかし「牧歌」といって、エンプソンの考えを紹介した――それなのだな。王様ははだかじゃないか、といった子どもの曇りのない目。それから、なにかというとユズルさんはすぐに「アリス」をもち出して、名前のなくなる森の絵ハガキをつくってノン・バーバル経験のたいせつさをプロパガンダしたり、来週おかす罪のために、いま罰せられている使者の話をつかって、フォークリポートわいせつ裁判にプロテストしたり……」

「どうも、そういうのは、りくつっぽすぎて、ノンセンスとはちがうみたいだ」

「では、ノンセンスとはなんぞや?」

「むかし Elizabeth Sewell, *The Field of Nonsense*（Chatto, 1952）という本をよんだら定義が出ていた。くわしくは

忘れたが、ノンセンスは、ことばによるゲームで、ゲームだからルールがあり、それにしたがって異常な関係をつくりだすのだそうだ。印象的だったことは、この定義で厳密にかんがえると、ほんとうのノンセンス作家はルーイス・キャロルとエドワード・リアのふたりしかのこらなくなってしまう」

「それこそナンセンスだ」

「それともうひとつは、ノンセンスが夢や詩とちがうことは、夢や詩では対象が変幻自在——恋人だとおもっていたら母親だったり、愛だとおもっていたら、こういうとらえがたい感じがある。それに反してノンセンスはルールによるゲームだから、ルールが適用できるためには対象が変幻してはこまる。対象ははっきりと個別的でなくてはならない」

「そういう話をきくと、「アリス」はむしろ夢的ではないか？　たとえば、白の女王が急にヒツジになってしまったり、とつぜん編棒がアリスの手の中でオールに変わり、いつの間にやら二人は、店の中にいたはずなのに、小さなボートにのっていたりするね。そしてアリスが燈心草を摘むと

燈心草が摘んだ瞬間から、しおれて、かおりも美しさもなくなって行ったことなど、そのときのアリスにとってはどうでもよいことでした。ほんもののにおいのいい燈心草だって、ほんとにちょっとの間しかもたないものなんです——ましてこれは夢の燈心草なんですから、アリスの足もとに重なったまま、ほとんど雪のように溶けて行ってしまうのでした——

（岡田忠軒訳）

本文にも、ちゃんと夢だと書いてある」

「だから、うるさいひとたちはキャロルよりもリアをひいきにしたりする。たとえばオールダス・ハクスレーは、ルーイス・キャロルは意味を誇張することによってノンセンスを書いたが、リアは想像力の誇張によってノンセンスを書いたし、ことばも感覚的にゆたかで、こちらの方が本質的に詩人だ、といっている。しかし有馬さんにもリアにまけないくらいノンセンスなのがある。たとえ

ば「ちちんぷいぷい」

きりきず　いたけりゃ
　いたちのふん　つけろ
さっと　いたけりゃ
　さるのふん　さいのふん
　　ちちんぷいぷい
　　おしゃかの　はなくそ

うちきず　いたけりゃ
　うさぎのふん　つけろ
うんと　いたけりゃ
　うしのふん　うまのふん
　　ちちんぷいぷい
　　おしゃかの　はなくそ

「これは有馬さんが自分でつくったのかなあ？　それとも、伝承をひろってきたのかなあ？」

「もう、こうなってしまったら、どちらでもいいんではないか？　かりに後者であっても、これを記録にあたいすると判断したことは偉大だ。とにかく、いいものが、世にひろまり、後世につたわればいいのだから。これなど"Hey diddle, diddle"にも匹敵するね」

「なんだい、その、ヘイ・ディドル・ディドルというのは？」

「マザー・グースのノンセンスのなかでは一番有名なもので、ことばのゲームとしてこれほど異常な関係をつくることはむつかしいのではないか」

Hey diddle, diddle,
The cat and the fiddle,
The cow jumped over the moon ;
The little dog laughed
To see such sport,
And the dish ran away with the spoon.

へっこら、ひょっこら、へっこらしょ。

ねこが胡弓ひいた、

めうしがお月さまとびこえた、
こいぬがそれみてわらいだす、
お皿がおさじをおっかけた、
へっこら、ひょっこら、へっこらしょ。（北原白秋訳）

「谷川さんの訳では「えっさか、ほいさ」、ユズルさんは「ティラ、リラ、リラ」だけど、かけ声とかノンセンス・シラブルの日本語化について、白秋にはかなわない。"Rub-a-dub-dub"が谷川さんは「どんぶらっこ、どんぶらこ」、白秋は「どんどこ、どんどこ、すっどんどん」だ」

「そういう歌のくりかえし、ファ・ラ・ラとか、それもノンセンスなのか？」

「意味がない、といえばたしかに意味はないね。有馬さんの「はあ　とう　とう」はニワトリを小屋へ追いこむときのかけ声だが、十八行にわたってそれ以外の意味のあることばはぜんぜんない。しかしニワトリを小屋へいれるという、はっきりした目的がある。これをノンセンスといえるのかな？　それからもうひとつは民俗学の領域になるが、むかしは意味があったものが、時代が下るにつれて、よくわからなくなり、ノンセンスともわれるようになった。くわしい話は『英語・まちがいのすすめ』の第三部とだぶるから省略するとして」

「「かごめかごめ」などがそれだ」

「ところが、いま問題にしているノンセンスは、はじめから無意味なのではなくて、意味のあることばが、たがいにうちけしあって、ノンセンスになる、といったらいいだろうか。それではこんどは有馬さんの「ありがとう」というのを読んでください」

ありが　とう　なら
　みみずが　はたち
　　へびが　二じゅう五で
　　　よめにいく
おや　まあ
　　　　そのうそ　ほんと
ありが　たい　なら

いもむし　くじら
　むかで　きしゃなら
　　　はいが　とり
おや　まあ
　　その　うそ　ほんと

「ノンセンスのゲームが可能であるためには、名前はモノそれ自体ではない、名前とモノとの関係は人間がつくった約束だから、人間はそれを変えることができる——こういう意識が必要だ。逆にいえば、ノンセンスをおもしろがった瞬間には、名前とモノは今までの既成の関係を切りはなれている。このようにしてシンボルに支配されずに、人間がシンボルを支配するようになれば、そういう意味論的に健全な態度は、ノンセンスの効用のひとつだ」

「おやまあ、そのうそ、ほんと?」

「そういうまぜっかえしをすると、素朴な読者は混乱するよ。ユズルさんの真意はどこにあるのだろう? と」

「では真意はどこにあるのだろう? はっきりいってみたら」

「だから、わたしの真意は以上あげた作品がノンセンスとして飛躍が大きく、すぐれたものであることを、他のそれほどでないものとくらべてみたい。たとえば、おなじく有馬さんのものでも

まいまいが
　まいまいます
まいまいが
　まいまいましょうと
まいまいます

とか

ぴんこちゃんと
　ぽんこちゃんが
ちゃぷちゃぷ
　　ぴんこちゃんが
ぽんこちゃんの

ぽんぽんけって
ぽんこちゃんが
ぴんこちゃんの
ぽんぽんけった

などというものは、音のおもしろさはとてもあるのだが、意味上の緊張がない。

つぎに岩井さんがよくうたっていたのに「ひざこぞうのうた」がある。

ひざこぞうに　かぜがふく
みじかいスカート　ふくらんで
みずたまりの　あおぞらに
ぽっかりうかんだ
らっかさん

これとか「カンガルーのかあさん」などは現実からの飛躍があまりなくて、精神も緊張をしいられない。のんびりとおふろにはいっている感じだ。たまたま「ゆあそび」というのもある。

おふろのなかの　てぬぐいぼうず
かおかたちのない　のっぺらぼう
あたまをなでて　ゆへ　しずめたら
あぶくをだして
きえちゃった

それから「ぼくのしるし」をヒットさせたもりくにすみえさんが有馬さんの「うたれたしか」にも曲をつけた。彼女によれば、うたれて傷ついて捕えられ、うしろかたあしかばってすわっているシカは、学生運動家なのだそうだ。しかし、たとえとか、象徴とかと、ノンセンスは、ちがうね」

「ユズルさんの「ネコのおばあさん」はどうだろう。そのころはもう人間の赤ちゃんがネズミのようにたくさんうまれて、たべるものがどんどんなくなって、ネコロジー危機なのでしょう」

「だから純粋なノンセンスとはいえない。それよりはむしろ「イヌのおさむらいさん」のほうがイヌの出てくることわざを、わざと文字どおりにのってノンセンス化しているわけだが、音とかリズムとかの緊張感がないね」

むかし
イヌのおさむらいさんがおりました
星を見ようとして　東をむくと
しっぽが西をむきました
ネコと結婚しようかとおもいましたが
ニャアワンのでやめました
川をイヌかきおよぎでわたると
川ばたをどんどんあるいていきました
すると夫婦げんかがおちていましたが
たべませんでした
ひとつひとつの石におしっこをひっかけながら
川ばたをどんどんあるいていくと
棒にあたって
死んでしまいましたので
イヌ死にだなあ
と　みんながいいました
とさ

「それから、もうひとつ「鬼のむすめさん」というのを作ったけれど、これはむしろクマのプーさん的世界とノンセンスの世界とをつないでみようとしたのだが、うまくいかなかったようだ」

「プー的世界というのはどういうこと?」

「さっきいったように、ノンセンスの世界ではシンボルを意のままにあつかうのであって、シルボルに支配されない。しかし気のよわいクマのプーさんはシンボルのふしぎさに動かされている。しかし、そのことを意識している。リアの世界がシンボルの真昼なら、プーさんはシンボルの夜明けだ。別の言い方をすれば、名前はモノそれ自体ではなく、約束にすぎないのだから、人間がつけかえることができる。しかし新しい約束をしたときに、古いシッポがくっついてきたとしてもそれをおもしろがるのがプーさんの世界かな。くわしいことはむかし「ことばの国のアリス」にかいたけど」

「「鬼のむすめさん」をまだ見たことがないので、紹介してください」

「いや、今回はスペースがないから、またいつか朗読会などで聞いてもらうことにして、きょうは友人オーマンディさんを紹介しよう。フィラデルフィア交響楽団の常任指揮者として有名なひとですが、日本の国鉄が時間どおりにウンコをするので、おどろいたそうです」

「またまたそのうそ、ほんと?」

「次は有馬さんのものですが、ほんとのうそです。きいてください」

ひつじさんが
　むしゃむしゃ
じどうしゃをたべました
　　じどうしゃを　ね
　　ほーら　ごらん
こうこくにかかれた
じどうしゃを　ね

ひつじさんが
　がりりがりり
げんすいせんをたべました
　げんすいせんを　ね
　ほーら　ごらん
しんぶんしゃしんの
げんすいせんを　ね

「みごとにモノそれ自体と、それをあらわすシンボルとを、分けて見せている。

けっきょくシンボルを意のままにあつかうことで、そしてすべてをノンセンスにしてしまうことで、どうせこの世ははじめからノンセンスだったのだが、純粋なエネルギーのよろこびみたいなものがむきだしになるね。オールダス・ハクスレーによれば「ノンセンスの存在は、人生が生きるに値するという証明不可能な信念——を証明する一番の近道だ」という。これは新倉俊一訳編、エドワード・リアの『ノンセンスの贈物』に出ている。ハクスレーは「環境の抑圧にたいする人間の精神的自由の主張なのだ」ともいっている」

「そんなむつかしいことをいわなくても、笑うことで力を確認して元気になるとか、そういう原初的エネルギーが解放されているところで老若男女が連帯するとか、そういったらいいではないか」

「でもね、さいごに蛇足をつけ加えれば、有馬さんはほんとうは怒りの詩人なのだ。岩井さんたちと《ばとこいあ》をやっていたころだって、朗読会にメガホンをもってあらわれ、こわい顔して「破壊党宣言」をどなったのだ」

「「新日本文学」一九七九年一月号に、有馬さん自身が、ひとからそのように怒っているとみられたことについて、なにか書いていたね」

「盾のもうひとつの面を見れば「ノンセンス・ライムとは、大部分、天才ないし変人と世間の連中とのあいだの永遠の葛藤の歴史から選ばれた挿話以外のなにものでもない」とハクスレーはいっているし、新倉さんの解説によれば、『ノンセンスの贈物』に扱われている多くの倒錯は、実際のリアの経験にもとづいたものであるそうだ」

（『叢書児童文学　第三巻・空想の部屋』一九七九年、世界思想社刊）

戦後七十年を貫いて

倉橋健一

有馬敲さんはある時、自分の詩についてこんなふうに語っている。「私は十五年戦争が始まった一九三一年に生まれ、少年期を戦争のなかで過ごしてきましたが、第二次世界大戦の終戦直後から文学に関心を持ち、二十世紀後半の激動期のなかで遍歴を重ね……」（「翻訳による国際交流」）

昨年（二〇一五）は戦後七十年の節目の年にあたった。紹介した文章はもう十年も前に書かれたものだが、さいわいなことに有馬さんは、現在も遍歴を重ねつつ元気に詩を書きつづけている。となると、戦後七十年の全領域を詩を書きつづけて自覚的に生きてきた（生きつづけている）稀有な詩人のひとりということになる。何でもないことのようだが、これは只事ではない。戦後七十年の節目だから実感できる、このこと自体ひとつの時代が生んだ事例といっていいからである。

だからといって、有馬さんは私からみて三歳年長に過ぎない。だが、この三年が、戦争の時代から戦後時間への通過のさせ方という体験においては、歴史的といっていいほど大きな質のちがいをもたらした。私の世代はいわゆる疎開派で、実際に疎開先の田舎で終戦を迎えたが、そこにいたるまで剣道の竹刀いっぽん一回も振らずにすんだ。一方で有馬さんは旧軍隊でいちばん若い兵士になる年齢まぢかに接近していた（一九三〇年生まれの平岡敏夫さんは満十四歳の兵士を経験している）。つまり戦争期から戦後七十年の時間へ連続して語りうる貴重な経験世代〈原体験の持ち主〉、証言詩人のひとりに、有馬さんは数少ないひとりとして立っているということだ。

私は戦後大阪にもどって、新学制のもとで教育を受け、ハタチ頃からは自覚的に詩を書きはじめたが、この頃の大阪は、戦後詩におけるリアリズム詩を領導した〈山河〉の長谷川龍生、井上俊夫、浜田知章に、在日の金時鐘らがいて、皆まだ二十代かすこし出たばかりで覇気に満ち颯爽としていた。社会派系の市販詩誌〈現代詩〉によって毎月研究会がもたれて、これが広く若い詩人たちをもふくむ交流の場になっていた。今になって私は有馬さんを最初に記憶したのは五八年十月号のこの〈現代詩〉に載った「現代のガリヴァー――金子光晴」だったとはっきりいえるのも、この場があってのことだろう。金子光晴を読みはじめたのも、この文がきっかけとなった。

有馬さんのほうは勤め先が銀行だったことから、当時毎年刊行されていた『銀行員の詩集』というアンソロジーに参加することから詩作を開始、五七年に第一詩集『変形』を出したあとは、花田清輝を中心に〈新日本文学〉系の人たちのあいだに活発になっていたアヴァンギャルド芸術論議に共鳴、京都で〈前衛芸術グループ〉をつくるかたわら〈現代詩研究会〉を組織し、そこで出会った大野新や清水哲男と詩誌〈ノッポとチビ〉を創刊する。今度この文庫に収められている『薄明の壁』や『海からきた女』の作品を見ていて、この時期、明らかに〈山河〉リアリズムに近い手法を私が感じるのも、ひとつはこの風土的な共通のかかわりということもあろう。〈山河〉もまた〈列島〉が唱えたアヴァンギャルドとリアリズムの統一という課題を表現法の核にそなえていて、モンタージュやドキュメンタリーの追求を、あたらしいリアリズムの根柢に据えようとしていたからである。

今日の有馬さんからみて、大きな変容をもたらす契機になったのは、先に引用した有馬さんの文でいう二十世紀後半の激動期、具体的には六三年の〈日本の替歌大会〉へのかかわり、その後の詩誌〈ゲリラ〉創刊と同時に開始した片桐ユズル、秋山基夫との詩朗読とフォークソング運動を連動させた時期からであった。とりわけ六〇年代はこれまでの既成左翼とは異質な、「べ平連」に象徴される市民運動から全共闘による大学闘争へと展開される時期にあたるが、ここで有馬さんは、風刺に諧謔、イロニイを交じえた抑制の効いたリズムと意味の重視による、独自な外部世界へのアプローチを目指すようになる。誤解を怖れずに私なりに要約すれば、今日の現代詩人にあって数少ない、資性としての啓蒙性あるいは方法としての啓蒙性の顕現を目指すようになる。独自な民衆詩派として伝達を重視し、日本語のうえでは生活語（方言）への関心を深め、海外へ向けては往復の翻訳（日本語へ、日本語からということ）を展開するようになる。この点ではかつて私たちはよく、連帯を求めて孤立を怖れずということをいったものだが、言葉を開く闘いという意味をこめる今の有馬さんにこそぴったりという気がしてならない。

詩と歩いて

水内喜久雄

私は、一九七〇年前後に友だちと、また一人でフォークソングをよく歌っていました。所謂、反戦フォークが多く、「五つの赤い風船」や岡林信康、高石友也さんたちのコピーをしていました。強烈な歌詞や社会を風刺した歌詞をじっくり読んだものでした。よく歌ったその中に高田渡さんの「値上げ」がありました。

値上げはぜんぜんかんがえぬ
年内値上げはかんがえぬ
とうぶん値上げはありえない
極力値上げはおさえたい

で始まる歌は、高田さんの高い声がぴったりとしており、しみじみと心に響いてきたものです。だんだんと曖昧な言葉が出て、最後は、

値上げには消極的であるが
年内に値上げもやむをえぬ
近く値上げもやむをえぬ
値上げもやむをえぬ
値上げにふみきろう

となり政治の世界に警鐘を鳴らしているような歌でした。

この「値上げ」という歌が実は有馬敲さんの『くりかえし』という詩集の中の「変化」という詩であるということを知ったのは、それから十年も過ぎてからでした。

有馬敲さんは一九三一年京都府生まれ。戦後から創作を始められ、現在までに詩集三十冊はじめ小説集、評論集、翻訳書、編著書などたくさんの本があります。

六七年に日本でフォークソング運動が起こり始めると、たくさんの歌手が有馬さんの風刺的な詩や創作わらべうたにメロディーをつけたそうです。

今年八月六日に京都市の下鴨神社で有馬さんにお会いしました。有馬さんはフォークソング全盛当時を懐かしみ、「七〇年の八月に行われた「中津川フォークジャンボリー」に参加しました。そこで高田さんが「変化」を歌ってくれました」と話されました。

その後、レコード、CD化されたものが多くなったそうで、私は今もいくつかのレコードを持っています。

その当時、有馬さんは四十歳前後。「京都を拠点として、日本各地で自作詩の朗読キャラバンを続け、「オーラル派」とも呼ばれました」とも振り返られました。

京都「キャッツアイ」や「ほんやら洞」でよく朗読会をやられ、谷川俊太郎さんたちも招かれたそうです。

いま、学校で詩人が授業をするポエット・イン・スクールや、若い詩人を中心に「詩のボクシング」や朗読会が行われるようになり、私も時々出かけますが、有馬さんは四十年も前にされていました。

九九年十月三十一日に、名古屋の「うりんこ劇場」に島田陽子さんと来てもらいました。親子の会・一般の会と二回、トークと詩の朗読をお願いしたのですが、子どもたちの心をつかみながら、朗読をされたのには感動しました。自作詩の朗読は今でも続いています。

＊

私が名古屋市内に開設している「ポエム・ライブラリー夢ぽけっと」に、有馬敲さんの仕事をまとめた厚い本のシリーズが並んでいます。一冊目は『徒労の斧』で六五二ページ、八冊目は『替歌研究』で七四〇ページです。このシリーズはすべて有馬さんから頂いたもので他にもたくさんあります。

読んでいくと、現代詩・子ども向けの詩・パロディー・わらべうた・ことばあそび・替歌など多彩であり、あらゆるジャンルの詩をたくさん書かれています。そして、それらをいろんな言葉を遣って書いてみえます。共通語・京言葉、最近では生活語という言葉を使われており、昨年『現代日本生活語詩集』なども編まれ、早くも続編がこの十一月一日に刊行されました。

有馬さんは、その前書きに「生活語とはたんに方言の言い換え語ではなく、日常の話しことば、あるいは生の口語である」「生活語はこれまでの共通語対方言の枠組を超えた言文一致の詩の切り口となりうることばである」と書かれています。そこに掲載された有馬さんの詩「仕事」は、

空き腹やのに
味も　そっけもない
どろどろした白いもんを飲みこんで
かえって腹の調子が悪うなったみたいや
年にいちどの検査やいうてゆんべから飲まず食わず

と始まっています。なるほど、地についた言葉です。八月六日にお会いした時も「今度は約百二十人参加しました」と嬉しそうでした。有馬さんの創作エネルギーと、詩に向かう姿には頭が下がるばかりです。

どちらかというと風刺がかった詩が多い有馬さんの詩集の中で、一九九九年八月三十一日に届いた『半壊れの壁の前で』は少し違っていました。前半十五篇が奥さんの詩、後半十五篇が旅の詩でした。二篇目は「沈む」という詩の第一連。

きゅうくつな浴槽に
熱めの湯をなみなみと注ぎ
首すじまで深く沈んでいって
じっとみぞおちの痛みに耐えている

奥さんのガンを告知され、ひとり帰ってき、夜更け風呂に入る……私は引き込まれていきました。

「自分の中で、人間の生き方を考えさせられました。連れ合いのことを書くのは恥ずかしいし、詩で書くのはしんどいです。でも、それをやっぱり自分で乗り越えないと自分がいかんということがあったと思います」「また、作品が詩として成り立たないといけないのです」

九九年十月三十日、有馬さんは、名古屋のうりんこ劇場で私にそう語ってくれました。

有馬さんの膨大な詩と、さまざまな方法、真摯な詩への取り組みなどから教えていただくことがたくさんあります。

（「中日新聞」二〇〇七年十一月六日・十三日）

現代詩文庫 225 有馬敲詩集

発行日 ・ 二〇一六年十月二十日第一刷 二〇一七年二月二十日第二刷

著 者 ・ 有馬 敲

発行者 ・ 小田啓之

発行所 ・ 株式会社思潮社

〒162-0842 東京都新宿区市谷砂土原町三—十五

電話〇三（三二六七）八一五三（営業）八一四一（編集）八一四二（FAX）

印刷所 ・ 三報社印刷株式会社

製本所 ・ 三報社印刷株式会社

用 紙 ・ 王子エフテックス株式会社

ISBN978-4-7837-1003-5 C0392

現代詩文庫 新刊